lendo em dias de chuva

organização:
lura editorial

contos
crônicas
poesias

ANTOLOGIA

lendo em dias de chuva

organização:
lura editorial

contos
crônicas
poesias

ANTOLOGIA

Gerente Editorial
Roger Conovalov

Preparação
Aline Assone Conovalov e Stéfano Stella

Diagramação
Manoela Dourado

Capa
Lura Editorial

Revisão
Eduardo Carvalho

DADOS INTERNACIONAIS DE CATALOGAÇÃO NA PUBLICAÇÃO (CIP)
(Câmara Brasileira do Livro, SP, Brasil)

Lendo em dias de chuva / organização Lura Editorial. -- 1. ed. --
São Caetano do Sul, SP : Lura Editorial, 2023.
136 p.

Vários autores
ISBN 978-65-5478-058-2

1. Antologia 2. Ficção I. Editorial, Lura.

CDD: B869.6

1. Cartas : Antologia : Literatura brasileira
869.108

[2023]
Lura Editorial
Rua Manoel Coelho, 500, sala 710, Centro
09510-111 - São Paulo - SP - Brasil
www.luraeditorial.com.br

Apresentação

Imagine acordar numa manhã de domingo, abrir as cortinas da janela do quarto e notar um céu cinza, o dia quase monocromático. Logo, um vento passa por entre galhos e casas. Do céu, as primeiras gotas começam a atingir o asfalto. O som dos carros passando já é diferente. O pneu molhado soa arrastado. Um trovão à distância prenuncia a chuva mais densa chegando, afastando todos que perambulam pela calçada, pelo jardim ali próximo. Os pássaros cessam o cantarolar. A rua se aquieta, a manhã escurece ainda mais. Gotas agora atingem a janela fechada do quarto, produzindo aquelas batidinhas leves sobre o vidro. Esse é o momento perfeito que você esperava para para iniciar a leitura de *Lendo em dias de chuva*.

Esta antologia traz consigo a promessa de tranquilidade e inspiração, criando o cenário perfeito para acompanhar a cadência do clima lá fora. Reúne contos que permeiam a vivacidade e a beleza, ensaios que discorrem sobre a profunda introspecção que o tempo chuvoso inspira, poesias que capturam a serenidade de cada gota que cai.

Não há pressa. A chuva e os textos te convidam para uma leitura calma, aprofundada, como se cada palavra fosse uma gota da chuva lá fora. Há, em cada linha, a oportunidade de se perder em histórias imaginativas e envolventes.

Lendo em dias de chuva é um chamado para aqueles que buscam em dias chuvosos um refúgio para o espírito. Escolha sua bebida quente favorita, encontre o lugar mais confortável da casa, e entregue-se a esse delicioso ritual de leitura. Que cada história seja um abrigo, cada página um aconchego, e cada palavra um respiro em meio à tempestade lá fora.

Roger Conovalov
Diretor da Lura Editorial

Sumário

Sabor da chuva

Ana Beatriz Carvalho

FEVEREIRO DE CARNAVAL!

A família seguiu entusiasmada para a cidade de Goiás: descobrir novas paragens, conhecer um extraordinário patrimônio mundial, passear por toda parte e experimentar a gastronomia local.

Há tempos a visita ao município de quase três séculos integrava os planos de viagem daquele núcleo familiar.

Os dois filhos, meninos arteiros, ofegavam com o que prometia a ocasião. Adoravam gulodices e excitava o seu alento a fama de que na cidade havia muitas e célebres docerias.

Após a chegada da família à cidade e reconhecida a sua beleza, renovou-se o ânimo dos visitantes. Ali, tudo se mostrava como uma aquarela: ruas estreitas e harmoniosas, casario a evocar um passado desbravador, céu ao alcance das mãos.

A programação a dar conta da cidade era generosa: sobravam intenções, faltava ubiquidade, extenso era o elenco dos anseios.

Museus, exposições, bailes de carnaval, artesanato, desfile de escolas de samba, visita a igrejas barrocas, a coretos antigos, a praças arborizadas e ao Mercado Municipal. Conhecer o Rio Vermelho e degustar a rica culinária local. Rever a história luso-brasileira do Goiás no Palácio Conde dos Arcos e apreciar a Cidade Patrimônio com a sua peculiar arquitetura. Tudo isso envolto em extraordinária beleza natural.

Os meninos eram frenesi e curiosidade! Perseguiam contentes as borboletas — muitas borboletas — de cores diversas, com predominância do amarelo.

O aroma da comida regional atraía quem circulava pelas ruas e praças. Era inevitável, além de divertido, buscar e surpreender-se com a simplicidade e simultâneo requinte dos restaurantes. Era essa a demanda predileta da família.

Inebriada com os perfumes e com a paisagem, a família se deparou com um restaurante muito distinto. Mesa posta, acolhimento intimista e deferente, refeição servida com zelo. Todos estavam radiantes.

O sol cintilava, mas o fazia por entre nuvens que tomavam pouco a pouco o manto celeste. A suspeita era de que a chuva não se demoraria...

A presunção de chuva que se anunciava logo se confirmou e a carga d'água desabou torrencialmente. Ruas, calçadas, praças e gramados foram inundados pela dádiva celeste.

Desfrutando daquele espetáculo natural, os clientes permaneceram confortavelmente no restaurante a saborear os pratos ao preço de "pague e coma à vontade".

Os meninos se reuniram com as demais crianças que por lá havia, prenunciando o que viria a ser o jogo. Na soleira que separa e une a vida a céu aberto, por um lado, e o aconchego do restaurante, por outro, quedaram-se extasiados a observar a chuva.

A festa teve início. A algazarra musical da criançada celebrava a natureza que escorria líquida do céu cinzento. Muita água soprada pela brisa e cadenciada pelo ecoar dos trovões.

Imaginação lúdica deu o tom da festa infantil.

Um dos meninos perguntou aos demais:

— Qual é o sabor da chuva?

Olharam-se surpresos, curiosos e interessados.

Surgiu a primeira mãozinha coletando as gotas de chuva e levando-as à boca.

Em grito de contentamento, anunciou:

— A chuva tem sabor de doce de mamão cristalizado!

Dúvida, curiosidade e disposição foi o que se viu nos rostinhos sapecas das outras crianças.

Não demorou para que um punhado de mãozinhas se elevassem a recolher as saborosas gotas pluviais, como pequenos tachos que se enchem de guloseimas.

Vozerio e sussurros pueris contagiaram os presentes: mães, avós, tias, tios, pais, avôs e demais empolgaram-se com o furor da criançada.

— Tem gosto de goiaba em caldas.

— Acreditem. Abacaxi com doce de leite. Açucaradinho...

— Ambrosia.

— Doce de carambola.

Os adultos, ora acreditando, ora desacreditando dos pequenos, decidiram verificar junto às crianças as impressões anunciadas. Quiçá um milagre da terra dos saborosos doces.

Agora eram muitas as mãos a captar a chuva que caía e tamanha a fertilidade da imaginação a explorar os seus sabores.

O céu da cidade transformara-se em quitanda, doceria bendita. Das alturas celestes e do íntimo dos corações das crianças a chuva era como um maná de sabor doce e envolvente.

A chuva

Adriana Alamanda

A chuva que mansinho cai
Parece a lembrança que longe vai
Quando é tempestade
É meu peito explodindo de saudade

O vento vem forte e certeiro
Vem pra dizer que esse amor é verdadeiro
O granizo a bater e tilintar
É igual ao meu coração a saltitar

Não tema a chuva, nem meu amor
Pois são criações de Deus
A abençoar os filhos seus

O equilíbrio faz a vida prosperar
Sem a chuva, a terra não produz
Sem amor, a existência não tem luz!

Ressignificar

Alice Leite

MAMÃE SEMPRE DIZIA QUE precisava ressignificar. Não sabia se ela dizia para mim ou para ela mesma. Não sabia nem o que "ressignificar" queria dizer.

Nossa casa era sempre limpa e nunca nos atrasávamos para os compromissos. Mamãe fazia o que tinha que ser feito sem depender tanto de outras pessoas: trocar uma lâmpada ou consertar o cano da pia e chuveiro, matar baratas ou instalar o armário novo na cozinha, ela dava conta! Ainda que alguma — ou algumas — gotas escorressem pelos olhos depois.

Em dias de chuva, mamãe quase não olhava para mim; eu não entendia. Ela gostava de fechar as cortinas para não ver a chuva, colocava música alta e me mandava ficar quietinha brincando. Só voltava ao normal quando a chuva passava. Às vezes, gotas escorriam por seus olhos, mas, nesses dias, não me lembro de ela dizer que precisava ressignificar.

Era um sábado frio e chuvoso, ela lia um livro à janela enquanto eu brincava no chão a alguns passos dela. Desta vez, deixou a cortina aberta e não colocou música, mas eu ainda devia ficar quietinha brincando.

Reparei que as gotas escorriam com mais vontade que nunca. Fazia barulho e parecia que me molharia também. Uma trovoada ecoou tão alto que assustou a mim e mamãe, tanto que o livro caiu e ela usou as mãos para espalhar a água que escorria por sua janela e abafar qualquer som de trovoada — interna.

Foi instintivo. Deixei os brinquedos e a abracei.

Do seu colo, vi o livro aberto no chão: o álbum de nossa família de três, no qual eu estava presente apenas nas fotos mais recentes. Não lembrava de nenhum daqueles momentos.

Senti algumas gotas escorrerem em meu rosto, acompanhando o ritmo das gotas na janela de minha mãe. Eu não entendia ainda o que significava, mas sabia que ela entenderia:

— Temos que ressignificar logo, mamãe.

Ela se desgrudou de mim em câmera lenta. Só lá fora ainda chovia. Mamãe sorriu. Um sorriso diferente dos que sempre vi, quente como uma lareira; olhar acolhedor como um abrigo na chuva.

De repente, estávamos do lado de fora. Nossa primeira vez na chuva em seis anos! Pique, pegadas e jogadas para o alto se misturaram à música de nossas gargalhadas com a chuva. Foi a música alta daquele sábado. Banho quente juntas, depois, pipoca com filme. E antes que eu dormisse, a ouvi sussurrar, olhando para o porta-retrato de uma foto da família de três:

— Vamos ressignificar, meu amor.

Eu não entendia, mas em breve entenderia. Desejei, antes de dormir, ao som tranquilo da chuva, que ressignificássemos todos os dias.

Dias de chuva

Ajomar Santos

Quando a gente começou a namorar
Caía uma chuva fina na calçada
Fazia um pouco de frio, mas você
Com seus abraços quentes me esquentava...

Outros dias choveu tanto e não nos vimos
Eu desejei os teus beijos para me aquecer
E nas suas mensagens que eu vi no celular
Uma delas dizia: És a razão do meu viver...

Houve dias em que a chuva se apresentava
Acompanhada de raios e trovões
Muita gente tinha medo dos estrondos
Mas você sorria, contida de emoções...

Enquanto chove lá fora, aqui dentro
Eu me embriago de tantas emoções
O tempo passa lentamente e me traz
Velhas, doces e puras recordações...

Mas um adeus pôs fim ao nosso amor
E hoje cai uma incessante tempestade
O temporal me traz lembranças de você
E me faz navegar nas águas da saudade...

Enquanto a chuva não passa

Bia Simas

UM NOVO DIA DE FÉRIAS na cidade da avó. Meu filho, entediado, observa pela janela a chuva que há horas cai fina. Desconsolado, pergunta:

— Que horas a chuva vai acabar?

— Não sei, meu amor. Bem-vindo à minha infância...

Entre as memórias da cidade onde nasci e passei a minha infância estão os cheiros e sabores de casa, as ruas e paisagens que me são familiares, os edifícios históricos. Da chuva, que no verão é temida pela sua força destruidora, ainda que eu ache temerário culpar a natureza pela negligência das autoridades em lidar com uma tragédia mais do que anunciada, eu pouco me recordava.

Em Brasília, onde vivo há mais de vinte anos, há chuva apenas em metade do ano. O que pode ser bem conveniente para planejar reformas, eventos esportivos e celebrações ao ar livre. Minha parte preferida? O friozinho seco da temporada de festas juninas. Na estação das chuvas, ela vem forte, como se o céu abrisse suas comportas. Mesmo nos dias mais chuvosos, costuma não durar mais do que algumas horas. Em uma cidade planejada, até a chuva parece ser programada.

Na minha cidade natal se dá o oposto. A chuvinha fina é quase um estado de espírito a incentivar o recolhimento. Em determinadas épocas do ano, cai fina e constante o dia inteiro, por dias a fio. Uma chuva que combina com um livro grosso, um diário a preencher, chocolate quente, meias de lã...

Eu não tinha me dado conta de que também sentia saudade, dentre todas as saudades, da chuva fina. Como meu filho, a chuva não combinava com a agitação natural de uma criança. Uma bicicleta a andar, o balanço vazio do parque, o cachorro escondido na casinha, tanto a explorar lá fora e essa chuvinha que não para. Fui embora jovem demais, antes de aprender a gostar da chuva fina.

Como minha mãe, busco jeitos de entreter o menino. Com um baralho, ensino a construir um castelo de cartas. Os jogos de tabuleiros permanecem guardados nos armários de casa, aguardando as novas gerações. O jogo de ludo, um tabuleiro de madeira lindo, do jeito que não se faz mais, pertencente à minha avó, nos ocupa por algum tempo. Resgato um antigo jogo de memória, imenso, todo composto por fotos, que foi um dos melhores presentes de aniversário que já ganhei. Além de me entreter nas tardes chuvosas, fez nascer o interesse pela fotografia. Meu irmão, investido na função de tio, monta o mágico Ferrorama.

Lá fora, a chuva cai fina e constante. Dentro de casa, viajamos no tempo, revisitando a minha infância.

Frustração

Ana Ceola Ribeiro

Solidárias, a lua e as estrelas saem de cena,
Numa destas noites de negrume intenso.
A nebulosa se precipita, inundando a terra.
É noite chuvosa, é noite de expectativas...
Alguém, em meio às suas inquietações,
No interior de um aposento aconchegante,
Sem se deixar seduzir pelo sono reparador,
Suspira aflito, ouvindo o vento uivar.
É numa destas noites escuras, sem desvelo,
Em que as torrentes desenfreadas alagam,
Que a voz do vento e o jorrar da chuva,
Gritam, ecoando dentro do peito humano.
Quem impedirá a tempestade arrasadora?
Ela fará vítimas desabrigadas, ou ceifará vidas!
Mais um triste cenário de flagelo calamitoso...
E o ser humano confuso, impotente, indignado,
Vai desfilando num rosário de lamentações,
Sentimentos de piedade, de culpa, de frustração...

Amarras libertadoras

Camila Araújo

Lá fora cai uma chuva mansa que torna o inverno ainda mais cruel.

Aqui dentro, um arco-íris intrigante me derrama, a conta gotas, cores quentes por todo o corpo trêmulo e ansioso.

Penso por um instante.

Descubro, então, que não consigo pensar; e que estou ao seu alcance sem nenhum domínio próprio.

Na vontade incontrolável de saciar a sede e abrandar a chama que me queima a pele, mergulho no desejo que escorre da tua boca e me arrepia inteira.

Me desmancho lentamente no suor do teu corpo em brasa e viajo livremente pelas galáxias do teu céu sem me soltar do domínio fervoroso dos teus braços e das tuas amarras libertadoras.

Me deixo guiar por tuas mãos firmes num voo alçado e sem pouso definido.

Te acompanho por estradas sem fronteiras e me inundo em seu mar imponente de ondas agitadas que me quebram ao meio com pouca elegância e nenhum pudor.

Tomada por ti sem regra, censura ou limite, me embriago no teu cheiro e deliro com os olhos semicerrados.

Ainda entrelaçada a ti, lhe peço um pouco de ar emprestado pra voltar a respirar.

Quero espiar pela janela se ainda chove lá fora. Talvez já tenha até anoitecido.

Idílio

Anildes Frazão Ribeiro

Fecho os olhos
E apuro os ouvidos
Para ouvir a natureza falar

Num belo cantar
A chuva me traz
A beleza do anunciar

Ouço a vida expressar
E me impressiono com o seu pulsar
Vida, amor, singeleza, perfeição
Se essa percepção
é delírio
O que é então "ver com o coração?!"

Sinto que essa visão
Transcende
a tudo que se configura um padrão

Abro os meus olhos e então
Compreendo o que de fato significa
Ver com o coração

Essa sem dúvida
é a mais desafiadora
e bela missão

Uma noite em Viena

Carmen Cunha

VIENA É PERFEITA, ISTO É FATO. Você começa a caminhar como uma integrante da monarquia, desde o aeroporto, sem perceber, já que se escuta música clássica até nos *toilettes*.

Consegui a proeza de me hospedar em um quarto com vista esplêndida para o castelo da Imperatriz Sissi, tendo direito a um belo sofá de veludo vermelho rente à janela e a um *welcome lunch* recheado com um bule de chá e fatias da cobiçada torta *sacher*.

Estamos na primavera e o anoitecer traz nuvens em formato de *edelweiss*, rosas e hortênsias.

Olho para baixo e percebo que há um museu com todas as luzes acesas e vejo a movimentação no salão principal: haverá um baile. Minha curiosidade é maior que a miopia e, assim, consigo traduzir o *banner*: Noite do Império.

Canhões de luzes iniciam uma dança voltada para o céu. As nuvens se sentem atraídas e o céu se transforma em um manto aveludado de cor azul royal.

Sob as gotas prateadas da chuva leve, das esquinas brotaram personagens saídos das páginas da história da Áustria: as mulheres com aqueles vestidos bufantes e os cabelos entrelaçados com tiaras brilhantes e os homens com casacos bordados e capas lembrando o Conde Drácula.

Eles caminhavam suntuosamente. Ao chegarem à porta do museu, formaram um círculo dentro do outro e bateram palmas uma vez, duas vezes. Confesso que fiquei com a xícara cheia de chá nas mãos sem respirar.

Músicos chegaram até às vidraças iluminadas e começaram a tocar Strauss! Ritual inesquecível. Em meio à coreografia, raios se encontraram com os holofotes. Começou um temporal fortíssimo. Os trovões abafaram a orquestra.

Os círculos humanos se dissolveram e todos subiram a escada do museu, rumo ao salão.

O baile sob o som do temporal de primavera me induziu a passar a noite ali, no sofá da janela, com meu chá e minhas doces garfadas *sacher*.

Entre a chuva pesada, ainda pude ver os casais rodopiando no salão e tenho coragem em afirmar que havia um baile semelhante lá no castelo; porém, em virtude do temporal, só enxergava sombras...

Fato é que testemunhei imagens que somente um temporal tem o poder de nos revelar. Um temporal único de uma noite em Viena.

O amor em gotas de chuva

Cíntia Maciel

Quinta-feira, fim de tarde.
Lembro-me que chovia torrencialmente.
O coração acelerado denunciava a urgência do primeiro encontro.
Os olhares se cruzaram e não precisou, sequer, uma única palavra para que os corpos dialogassem.
E foi intenso...
Cada segundo passava lentamente.
A sensação era de que o tempo havia parado.
E nessa suspensão cronológica dissemos tudo um ao outro...
As palavras eram ditas de um modo peculiar.
Ouvíamos o silêncio pairando no ar.
Cada gesto, cada toque e o gosto de, naquele exato momento, poder te amar.
Ainda hoje, ao sentir a chuva no telhado, tenho a impressão de que o teu nome é chamado.
O coração dispara.
Os olhos brilham.
Mas a tua ausência é uma ferida que não sara.

Quase eterno

Antonio de Araújo Silva

Como posso ladear teus passos
Possuir teus beijos,
Cartear teus sonhos, sentir tua voz,
Ouvir teu cheiro,
Corromper meus desejos,

Despir tua alma, falar teu corpo
Pintar teu rosto, em uma tela de cores
Incertas, mas com o meu coração em festa.

Por sentir o calor dos doces ventos
Que sopram nos ouvidos da calma,
e no cair da noite, sob o barulho da chuva,
que cai feito melodia.
Sentir o açoite do prazer quase eterno.

De ter você de corpo inteiro,
No nosso pequeno porto de prazer.

Uma chuva de memórias

Cláudia Dans

ESTAVA DESLIGADA DO TEMPO e do espaço quando os primeiros pingos começaram a cair. O som me trouxe de volta. A lata de tinta jogada no quintal se enchera, e o barulho do metal agora era dos pingos que caiam, caiam, caiam...

Tentei voltar ao que estava fazendo, mas a chuva me fez sair da mesa de trabalho para ir fechar as janelas e ver se as roupas não estavam no varal. Respirei aliviada. Não tinha nada lá. Só a lata de tinta usada durante o verão para pintar a casa. Queria um ar mais leve, por isso o bege estava em todos os cômodos. Menos no escritório que agora era laranja.

A nova cor inicialmente tinha me causado incômodo. Não conseguia mais escrever! E o prazo para entregar um texto estava chegando e as ideias, saindo. A angústia me consumia. As bolinhas de papel pareciam uma mancha branca no chão que crescia a cada rascunho amassado. Então, a chuva me trouxe uma memória: um trabalho de pintura para a escola.

Não me lembro do assunto. Mas tinha vários tons de laranja e de azul. Deixei a pintura no quintal para secar antes de aplicar a última demão de azul. Então, veio a chuva... os pingos... as manchas... o choro... Meu trabalho era uma grande mancha laranja e azul.

Aquela chuva passou e o tempo também. Agora era escritora e a tinta, as palavras. Escrevia crônicas para um site e o prazo estava acabando e a chuva... tornando-se mais forte. Esqueci a janela do escritório aberta! Meu texto! Não poderia perdê-lo também! Naquele dia, optei por não usar o computador e sim folhas de um velho caderno. A chuva repetiu seu feito: manchou tudo. A tinta azul escorria pela página amarelada, como a mancha gravada na minha memória.

Sentei-me aflita na poltrona de leitura e tentei imaginar uma solução para aquele texto todo molhado. Não conseguia ler nada a não ser "Ela sorria enquanto brincava na chuva". Era a única frase legível num mar de manchas e borrões. Sobre o que eu escrevia? Sobre uma jovem... sobre a chuva... sobre as brincadeiras na chuva... lembro que também brincava na chuva. E sorria!

Deixei o texto sobre uma mesinha e fui para o quintal. A chuva parecia mais leve agora. O sol apareceu também. Seria um encontro? Não sei por quanto tempo fiquei lá. Só sei que pisei em todas as poças que surgiram. Dancei todas as músicas que lembrava. A lata de tinta se esvaziou muitas vezes.

A chuva ainda caía quando entrei em casa. Estava pronta para borrar o papel e contar uma história para ser lida num dia de chuva.

A chuva e o tempo

Claudia Nolasco Diniz

Chove lá fora.
E eu aqui dentro.
Uma dor que não aguento.
Vontade de ir embora.

Chove lá fora.
Aqui dentro, nas fotos, a lembrança,
do tempo que fui criança.
Volta a vontade de ir embora.

Chove lá fora.
Aqui dentro, me falta o calor,
de jovem, atrevido e lutador.
Mas ainda quero ir embora.

Chove lá fora.
Aqui dentro, me tornei um velho.
As rugas gritam no espelho.
Passou a vontade de ir embora.

Espera

Claudio Queiroz

ENQUANTO TOSTA UMAS RODELAS de banana e distrai-se com o ruído da chuva sobre as palhas da cobertura da casa, sua mente se enche de imagens da moça que ficou de visitá-lo hoje, aqui nestas ilhas líquidas.

— Ela bem que poderia vir, mesmo com toda essa água vazando do céu, mesmo com esse gelo no ar, mesmo com essa correnteza contra.

Compra pães, bolo de macaxeira e coloca batata-doce para cozinhar.

— Se ela vier, terá o que aquecer o estômago ainda pela manhã.

O café está soltando fumos! Despeja um dedo no copo, bebe e se enche de fé, enquanto sua mente, talvez seu coração, divaga em matéria fluida. Mas a imagem da mulher parece bem real: um corpo trêmulo, encharcado de chuva assomando na porta.

— Talvez ela venha. Há de vir.

Tudo o que prova tem o poder de evocá-la, nesta manhã fria e úmida.

Ri por dentro à beça quando encontra, no açougue, uma carne muito boa para o almoço.

— Ela já deve estar a caminho rio abaixo.

A chuva faz pausas breves e continua, porém, não é aquele toró.

— Sim, ela virá.

Voará sobre a correnteza, com o corpo espetado pelo vento frio, com o queixo em alta trepidação e chegará para o almoço.

Senta à mesa e começa a degustar um sabor em que falta uma pitada de tempero. Uma cadeira ainda está vazia.

— Com certeza ela virá. Se não hoje, em um dia qualquer.

Talvez não tenha batata-doce, pães quentes e bananas-pacuçu bem torradas. Mas terá um coração bem aquecido, fervendo desses sentimentos que picam as pessoas quando elas menos esperam.

Noite chuvosa e solitária

Cristiano Casagrande

CHEGO EM CASA NO INÍCIO DA NOITE, cansado, farto das pessoas vazias e egocêntricas ao meu redor. Um banho quente é capaz de proporcionar um leve revigoramento. Abro uma garrafa de vinho. Um melancólico blues toca no meu quarto, invadindo todo o ambiente, preenchendo cada canto da casa com guitarras distorcidas e vigorosas, com sons agudos e rítmicos que ressoam na alma. Em seguida, um bom e velho rock n' roll. Uma longa golada de vinho faz-me viajar mentalmente e retornar no tempo.

Lembro-me do tempo em que tinha aquela companhia especial, aquela pessoa outrora amada, que já não mais se importa com minha existência. A vida foi cruel nos separando, deixando que cada um seguisse seu curso, isolados em nossas próprias individualidades e buscas. Talvez tenhamos nos conhecido no momento errado, nos estágios dessincronizados de nossas vidas. Enfim, isso não tem mais importância.

Encho novamente a taça com o líquido vermelho escuro e dou mais uma generosa golada.

A chuva começa a cair lá fora. O ruído da chuva me acalma, fazendo-me oscilar entre a paz e a melancolia. Penso que depois dela nunca mais senti nada por ninguém. E é a mais certa constatação. Nunca mais. Sem paixão, sem amor, sem borboletas no estômago. Sobraram a solidão, o vazio, a melancolia. Enquanto a chuva continua lá fora, prefiro continuar aqui, quietinho no meu quarto, sozinho com meus discos de rock e blues, tomando meu vinho ou cerveja, recluso no meu canto, no meu solitário e aconchegante quarto, protegido e confortável, curtindo minha própria companhia, com meus livros, com meus filmes, com meus discos, com meus pensamentos.

E com o barulhinho da chuva.

Cerimônia do chá

Dayse Lourenço

O gesto.
A chuva fina esfria os corpos.
O chá, o vapor quente, ao abrigo
o encontro, reconhecem vozes, falas,
carinhos, afagos, perfume recordado.
Sorvem, saboreiam, engolem, saliva, musgo, visgo e...

O gesto.
A chuva fraca escorre no vitral.
A seda esconde, entreabre, mostra,
peles quentes, suam, a tua, a minha,
saudosos, reunidos ainda outra vez,
secam lágrimas, sorriem, dormem, esperam, angústia, medo e...

O gesto.
A chuva forte tudo encharca.
Movem as línguas, bocas sussurram,
recomeçam, os braços, os ventres,
as mãos, pelos, ancas,
batalham, exaustos, completos, fazem planos, e no fim...

O gesto.
A chuva cessa, tudo seca.
O amor mais que perfeito, desfeito,
a cotovia, mentira, o rouxinol sincero,
o nunca e a vida, o tempo e a morte,
O amor mais que perfeito, desfeito... O fim do gesto.

Enquanto a chuva cai

Eduardo Marchiori

BASTARAM OS PRIMEIROS PINGOS de chuva começarem a bater na janela e já colou o nariz no vidro para olhar o movimento na rua, do alto do quinto andar do prédio. Gostava dos dias chuvosos, do cheiro de terra molhada, do ruído da chuva no telhado e da sensação de frescor que acalmava o calor daqueles dias quentes. Se a chuva caísse mais à noitinha, então, o barulho servia para embalar o sono, muito mais do que o chá de camomila que sua avó lhe dava quando criança, quando ficava achando que tinha algum monstro escondido embaixo da cama.

Mas o que gostava mesmo era de ver as reações das pessoas à chuva. Na casa da frente, a empregada corria a tirar a roupa do varal, reclamando com São Pedro, que mandou a chuva antes de estar tudo seco. Na residência ao lado, a mãe ralhava com o filho, que brincava na rua com os amigos e nem ligava para o desespero da genitora, reclamando que o garoto ia gripar e ficar de cama. Só queria mesmo pular as poças de água que começavam a se formar e jogar água nos amigos.

Vista de cima, a rua era um balé de cores, com as sombrinhas e guarda-chuvas subindo e se abrindo, uma tentativa das pessoas de se protegerem da água que desabava forte, mas que não fazia muito efeito numa tempestade daquelas. Uma jovem no ponto de ônibus se encolhia da chuva enquanto falava no celular e olhava no relógio. Logo, surgiu um rapaz, provavelmente seu namorado, com um guarda-chuva só e foram os dois pela chuva, molhando-se, mas protegidos um nos braços aconchegantes do outro.

A enxurrada começou a trazer o lixo jogado na praça e empurrar para o bueiro próximo, entupindo a entrada. Os carros passavam velozes, querendo chegar em casa depressa antes de piorar o trânsito, espirrando água nos transeuntes, que xingavam alto, com feios palavrões. Na sacada do prédio em frente, um cachorro tomava banho na chuva e entrava no apartamento, para desespero da dona, que correu fechar a porta.

De repente, viu o espectador na janela e acenou. Surpreso com a manifestação de amizade, não muito comum nos dias de hoje, acenou de volta, timidamente. A jovem entrou e, pouco tempo depois, voltou à sacada, com uma xícara de café. Ofereceu, de longe. Ele sorriu, fez sinal de esperar e entrou. Logo, voltava também com uma xícara e fez sinal de "saúde", ao que foi correspondido. A chuva começou a diminuir e o sol voltou a brilhar por trás de uma nuvem, com a perspectiva de que o próximo temporal já não seria mais tão nostálgico e solitário.

A chuva é a felicidade do lavrador

Eva Soares

Sabemos que o lavrador
É um homem paciente
Limpa toda sua terrinha
E planta a sua semente
Esperando a chuva cair
Para alegrar o ambiente

O terreno do lavrador se transforma
Em uma linda plantação
Com a chegada da chuva
Tudo vira gratidão
Os pingos d'água que caem no telhado
É felicidade em seu coração

A chuva faz nascer
Frutos exuberantes
O lavrador agradece a Deus
Por esse momento marcante
Corre para a colheita
E fica feliz todo instante

Sejas também feliz
Por Deus molhar o chão
Pelo lavrador paciente
Que cuida da plantação
Pela semente que germina
Pelo fruto que chega na sua mão

Chova

Matsu

Gosto do barulho da louça,
com o som de uma música.
Gosto do varrer da vassoura,
com o canto dos pássaros.
Gosto do silêncio da noite,
com a sua respiração.

O sol durante as tardes,
afaga a jornada pra casa;
Ilumina a janela do trem,
a cabeça recostada.

Ando distraído.
Escuto o vento por aí.
A chuva me cumprimenta.
Você em cada dia.

Aonde vão tantos carros?
Onde estão tantos empregos?
Todos andam tão ocupados...
Recorro ao ócio! Ao Vagante.

Quero as coisas simples.
As coisas belas.
Ao luar encantando,
Ao sol do seu sorriso.
Chuvas mais calmas,
um sol delicado e luar carinhoso.

Tarde chuvosa

Francis Braga

AH! COMO EU TE AMO CHUVA! Gosto de te apreciar.

Observo o teu deslizar através do vidro da janela do meu quarto.

Seus pingos são como cristais, que me fascinam.

Olho para o alto, mas não consigo decifrar de qual nuvem estás descendo. Então, pergunto:

— Hein, chuva! Qual nuvem te despejou? Não respondes e, indiferente, segues o teu curso.

Aguço ainda mais os meus ouvidos e me deleito com o teu som, que é música suave e envolvente. E o vento que te acompanha me remete a um passado distante; me vejo juntamente com os meus irmãos a suplicar à nossa mãe:

— Por favor, mãe! Deixa a gente tomar banho na chuva, deixa, deixa?!

— Está bem, podem ir — ela respondia — mas não fiquem muito tempo, para não pegarem resfriado.

E lá vamos nós, fazendo a maior algazarra. Pouco tempo depois, de longe, ouvimos a voz da nossa mãe:

— Meninos! Parem de pular nessas poças d'água!

Poças que formavas quando te detinhas um pouco, para observar a nossa alegria por estarmos brincando felizes e sorridentes. Mas, quando o sol reaparecia depois de uma soneca em pleno dia, ias embora, deixando a terra úmida para nos divertir, cavando túneis e observando as minhocas pulando de um buraco para o outro.

Há! Não, eu não estou melancólica! É apenas uma saudade que dói.

Hei, chuva! Tem gotas molhando o meu rosto. Recolhe-as, e junto com os teus pingos, deposita-os no mar. E, se no caminho, o rio quiser te desviar, não permitas. E se ele te perguntar "Aonde vais?", diga-lhe apenas que o teu destino é o mar, e que não vais parar, enquanto lá não chegares.

Hei, chuva! Leva também essa dor, ela já não cabe mais em mim.

O céu adormeceu

Ivane Milhomem

O céu adormeceu, a chuva acordou...
barulhenta, silenciosa.
É ruído e sossego.
O som da chuva no telhado.
Música suave aos ouvidos...
As gotas de chuva escorrendo pela janela,
enche os olhos de admiração.
Acalma e relaxa.
Traz o frescor, a brisa suave,
lava a alma, nutre a terra.
O aroma inebriante de terra molhada.
Enche os rios, os córregos, os mares...
Os pássaros procurando lugar seguro para se aninhar.
O vento que balança as árvores com gingado bonito de contemplar.
O desalento se dilui nas águas da chuva,
que chega trazendo vida, esperança e alegria.
Dias chuvosos, convite ao aconchego, reflexão e paz...

Rolê de sexta

Gersika Garrido

A ÚLTIMA REUNIÃO DO MÊS FECHOU. Os saldos foram positivos. Havíamos trabalhado duro para fechar os projetos dentro do prazo e agora comemorávamos.

Tomamos nosso chocolate quente com o bolo de milho que a Rosa do RH havia levado. Ela tinha 60 anos e, para ela, era função do RH lembrar dos aniversários e promover festas. Tentamos explicar que não era assim, mas fomos vencidos pelo cansaço. Agora, toda reunião de fim de mês comíamos os quitutes que ela escolhia de acordo com o clima, que naquele momento estava frio.

Comi um pedaço de bolo e tomei uma caneca do chocolate quente enquanto Tadeu contava a situação cômica que passara com o cliente naquela manhã. Ao final, caímos na gargalhada.

Terminei de comer e me despedi:

— A chuva ainda está forte! — falou Irene, minha amiga.

— *Sextou* e tenho um rolê hoje!

Todos disseram um "Ah" em coro, que finalizou com Tadeu falando:

— Rolê nessa chuva? Sei!

— Abafa, Tadeu! — falei sorrindo e saí.

Cheguei em casa me sentindo leve. Mudar de emprego havia melhorado minha saúde mental. Todos se esforçavam para manter um ambiente agradável e isso fazia diferença.

Tomei um banho quente, vesti roupas confortáveis e me deitei na rede da sala. Meus dois gatinhos se aproximaram. Kat pulou sobre o meu colo, Juca começou a brincar com a barra da rede e eu fiquei ouvindo a chuva e sentindo o vento frio que entrava pela varanda enquanto era aquecida pelo corpo quentinho da Kat sobre a minha barriga. Pouco tempo depois, a porta da frente abriu.

— A melhor parte do dia! — disse minha esposa, tirando uma foto minha, como de costume. — Vou tomar um banho e comer. Venho já!

Quando voltou, cheirava a lavanda.

Deitou-se ao meu lado e logo Juca pulou sobre sua barriga, como habitualmente fazia.

Ela fechou os olhos e eu beijei seu rosto com cheiro de menta. Ela sorriu sem se mexer.

— E hoje? — perguntei me referindo ao insalubre ambiente de trabalho dela.

— Foi bom. Pedi demissão. — respondeu, sem esboçar qualquer reação.

— Quê? — indaguei surpresa.

— Não tem como ser servidora pública e funcionária deles ao mesmo tempo.

Ela abriu os olhos e sorriu marotamente. Sorri de volta e a parabenizei com um beijo doce.

— Vamos comemorar! — falei com animação.

— Que tal agora?

— Perfeito!

Nos endireitamos na rede, entrelaçamos os dedos, fechamos os olhos e ficamos ali, ouvindo o ronronar de Kat e de Juca e o som da chuva.

No sábado, comeríamos um churrasco com os amigos, mas naquele momento, nossa comemoração seria ali. O melhor rolê de sexta-feira!

Silêncio!

Getúlio Canuto Vieira

— "SILÊNCIO!" — gritava a criança — "Quero ouvir o barulho da chuva."

O telhado longo não muito inclinado, acumulava grande quantidade de água que aos poucos começava a cair até o piso frio. Era um céu líquido que se misturava com as águas da terra, como um abraço das águas debaixo com as de cima, formando um caminho para a unificação.

Aquela criança com os pés descalços sobre as folhas mortas, conseguia sentir a água fria, como gelo, fazer cócegas na sola de seus pés. Enquanto isso, plantava os pés naquela terra fértil, como se não houvesse lugar melhor.

— "Silêncio!" — repetia firmemente — "Quero sentir o que a natureza quer dizer."

Estranha essa conexão, pois só no absoluto silêncio, conseguia ouvir o clamor da última floresta. Aquela criança desafiava a lágrima que caia de seus olhos, a ser levada pela correnteza das águas da chuva, como forma de pedir desculpas a seus ancestrais. Uma mensagem de esperança, que tudo voltará a florir, toda vez que a chuva cair.

Num horizonte próximo aos seus olhos surge um arco, como se fosse meio ovo colorido emergindo da terra e alcançando o céu, com cores primárias e vivas.

— "Silêncio!" — a criança retrucava.

— "Respire, lentamente, para sentir a brisa dos novos tempos."

Como dizia Guimarães Rosa: "Mestre não é quem ensina, mas quem de repente aprende".

Tempo mutável

Ivane Milhomem

Choveu a noite toda.
O tempo permanece cinzento, parece meio sombrio, meio vazio, meio triste.
Até onde meus olhos alcançam, vejo poucos carros, poucas motos, poucas pessoas circulando pelas ruas, pelas avenidas.
Não escuto o barulho do corre, corre das crianças.
Não ouço seus gritinhos estridentes.
Nem o incômodo das gargalhadas pelas dependências do condomínio.
O silêncio é estarrecedor!
Situação que me faz lembrar que o tempo é mutável e incerto.
Tem dias de chuva, dias de sol, dias cinza, dias coloridos, dias alegres, dias de dores, dias de felicidade, de movimento, de tempestade, de calmaria... nada permanece estático.
A cada novo dia, novas oportunidades... o que podemos fazer para que hoje seja melhor que ontem?
Talvez em primeiro momento, precisamos olhar para dentro de nós e perguntarmos: quais são os desejos mais íntimos do meu coração?
O que posso fazer para alcançá-los? Quais caminhos preciso trilhar?
O que está pendente na minha vida que tem me limitado a realizar os meus desejos? Tenho me acolhido nas minhas falhas ou tenho sido algoz de mim mesmo?
Estou caminhando sem direção ou sei exatamente aonde quero chegar?

Amor temporal

Gilberto Vitor

ELA ESCOLHIA SEMPRE AQUELA mesa na calçada do café da esquina. Sentou-se de frente para o passeio. Deveria ser discreta, mas sentia um prazer incontrolável em se exibir com sua paixão; ninguém desconfiava de que eram amantes. O garçom de sempre já a viu, mas ele sabe que só deve atendê-la depois da chegada do seu amor.

Levantou os olhos, nuvens escuras formavam-se rapidamente. Teriam que sair logo para seu ninho de intimidades, mas ela preferia que a chuva lhes desse tempo para as conversas picantes. Adorava café com conversas indecentes, inadequadas a uma senhora esposa e mãe.

Aquela rua ficara charmosa depois da revitalização urbana, mas excitava-a pensar que ali mesmo, há duas décadas, mulheres vendiam fantasias a homens sedentos de aventuras em copos e cigarros, em corpos e gozos. A humanidade inventou o pecado para tornar suportáveis as suas aflições.

Uma trovoada anunciou a aproximação do garçom. Com simpatia, ele lhe entrega um envelope e se afasta. Ela reconheceu a letra de seu amor, deve ter havido algum contratempo. Abre o envelope, e o céu escurece rapidamente.

Uma despedida já se denuncia pela caligrafia hesitante. Uma gota de chuva borra a terceira linha, mas sua leitura é dispensável — depois de anunciado o adeus, as palavras seguintes cuidam apenas de enganar a quem partiu e mentir para quem ficou. Outra gota sacode o papel, e outra, e outra, e a chuva cai em prantos, disfarçando suas lágrimas. Não tem ânimo para se abrigar. Em um minuto, vestido e cabelos estão encharcados.

Nunca mais? Com quem conversaria sobre Virgínia Woolf e os poemas apaixonados de sua Vita? Com quem trocaria gargalhadas? Quem lhe despentearia os cabelos para depois rearranjá-los de uma maneira que mais tarde seu marido diria "adoro quando você faz esse penteado"?

Chuva grossa, gotas pesadas. O garçom trouxe um guarda-chuva e a convidou para o interior do café, mas ela não o vê; tem o rosto virado para cima, olhos fechados, deleita-se com as gotas de chuva beijando-a com fúria e lhe escorrendo em carícias no pescoço.

Quem lhe tocaria com a suavidade de que seu marido nunca seria capaz? Quem exploraria os segredos íntimos de seu corpo com a perícia que só uma mulher domina? Como continuaria amando seu marido sem o amor marginal que agora perdia?

Amassa o bilhete de sua amiga, atira-o na sarjeta e vê a correnteza arrastar sua amante rua abaixo.

A chuva pela janela do tempo

Helio Valim

PELA JANELA DO TEMPO OBSERVO a chuva banhando os telhados, as árvores, os pássaros, enquanto os passantes apressados, sob seus guarda-chuvas abrigados, não percebem o momento vivido em cada gota molhada, que escorre e lava a calçada sob seus pés desatinados.

Sob o olhar complacente, acompanho o atormentado caminhar dos passantes, tentando se abrigar, sem perceberem o inevitável papel da chuva, de tudo lavar, seja a calçada, a vida apressada e até o tempo que passa.

Por um momento, em uma janela de um prédio próximo, observo uma jovem garota, pensativa, admirando o bailar dos pássaros, voando entre as gotas, atrás de pequenos insetos que fugiam da chuva. Tal balé parecia hipnotizá-la, deixando-a incapaz de notar os passantes açodados, abrigados sob seus guarda-chuvas agitados.

Por um descuido do tempo, nossos languidos olhares se desviaram das gotas que molhavam o momento e num relance se encontraram e congelaram o cair da chuva, o voar dos pássaros e o caminhar dos passantes.

Um mirar infinito, um breve sorriso e uma certeza: a garoa molha o tempo, no tempo de um eterno olhar trocado entre almas que de suas janelas apenas observam a chuva, os pássaros e os passantes, sem questionar.

Levezas na noite

José Wellington Lemos

A cidade dorme.
O silêncio impera.
Nenhum barulho incomoda o momento.
Uma chuva
mansa, leve, fria e quase imperceptível
acomoda horas e tempo.
Pensamentos livres
fazem-se pares,
namoram estrelas escondidas em parcas nuvens,
bailam a dança da madrugada e
buscam a mim
leve,
desatado,
único,
sem amarras,
sem rumo
e pronto para outro inevitável
amanhecer.

Tonalidades

Iara Pretto de Andrade

A CHUVA CAI COM FORÇA SOBRE O TELHADO; foi ela a responsável por me trazer a esta pequena garagem que fica isolada no quintal. Desde que renunciei ao hábito da pintura, quando decidi focar nas aulas da faculdade, raramente venho até aqui. Hoje, me abriguei da chuva forte, que despencou sem aviso prévio enquanto eu estava cuidando do jardim.

Embora minha intenção tenha sido procurar um guarda-chuva, como tenho o dia livre, detenho-me para observar meu antigo ateliê, repleto de quadros. O ambiente é convidativo: caminho entre minhas obras e relembro do prazer que sentia ao adentrar neste mundo apenas meu e de me perder entre as tintas. Sinto uma saudade gostosa. Logo me encontro vasculhando o armário de materiais, seduzida pela tela branca à minha frente.

Tintas a mão, encaro a tela por alguns minutos, entusiasmada. Contemplo a janela e examino a chuva caindo sobre as árvores. Fecho meus olhos, e me atento ao som da água e ao agradável cheiro de terra molhada. Logo, minhas mãos começam a se mover, livres.

Antes que eu perceba, estou dentro da pintura. É como se eu estivesse segurando uma pequena parte de meu próprio coração entre os dedos, tateando-o, desvendando cada uma de suas extremidades, registrando-o na tela em branco. Mergulho nas cores; no tom cristalino e reluzente da chuva e no verde vivaz das folhas, testando misturas e combinando as tonalidades. Brinco com elas com leveza e um domínio que eu não lembrava ter, como se estas me pertencessem. Só pintando percebo a dimensão que a saudade desse ato tomou, na tranquilidade que as pinceladas me trazem, na diversão de dar vida a um quadro, quão única é a experiência de me embrenhar em minha própria criação, de traduzir para a arte um sentimento tão pessoal.

Dou as últimas pinceladas, e avalio o resultado: retratei o cenário à minha frente, as grandes árvores banhadas pela chuva constante, as gotículas escorrendo por suas folhas e molhando a terra, formando poças. As gotas d'água não estão vazias, mas abarrotadas de uma antiga paixão.

Chuva, chuvisco e chuvarada

Ilma Rosa

Chuva, chuvisco, chuvarada, não importa a quantidade de água, o que se sabe é que ela molha e molha muitos telhados, carros, árvores, flores e pessoas.

Toda chuva, chuvisco, chuvarada tem um barulho peculiar que reverbera sentimentos, emoções, histórias, saudades, memórias, lembranças.

Chuva, chuvisco, chuvarada, acalma uma noite de sono, acalma um coração agitado.

Chuva, chuvisco, chuvarada, tem o poder do nascer e do renascer da natureza, das pessoas.

A chuva, chuvisco, chuvarada tem águas que lavam, limpam, purificam, transformam e reformam vidas, pessoas, flores, plantas, alimentos.

Quem não ama ouvir a chuva para dormir!?

Que criança não gosta de tomar um banho de chuva!?

Que adulto não vê a hora da chuva chegar para baixar a poeira!?

Quem não fica feliz em ver o arco-íris, depois de uma chuva!?

Chuva, chuvisco e chuvarada tem cor, cheiro, lembranças, memórias.

Chuva, chuvisco e chuvarada traz novas flores, novas paisagens

Chuva, chuvisco e chuvarada traz esperança, coragem, renascimento e nascimento de novos frutos de vida.

Chuva, chuvisco e chuvarada leva o que não foi bom e até o que foi bom, restando apenas aquilo que realmente tem que ficar, para contar histórias, amores e desamores.

Chuva, chuvisco e chuvarada chega sem pedir e vai sem se despedir.

Por trás de uma chuva, um chuvisco e uma chuvarada tem sabedoria, tem lições e resposta da natureza para nossa vida e anseios.

Eu vou lembrar

Ivete Cunha Borges

Dos dias de chuva, das tardes em que se abria um arco-íris.

Logo depois de fechar as páginas do livro, cuja leitura trazia afagos e coloria os ponteiros, os momentos seriam de contemplação.

Assim, no final do dia, era organizar cadeiras, que no silêncio destas, nos aguardavam no chamado alpendre.

Espaço conhecido como entrada da casa. Desta forma por nós denominado ao longo do tempo.

Tempo frenético. Num rápido suspiro a tarde chega.

Logo que cessa a chuva e lentamente o calor do local acede à brisa leve do cair da tarde, nos velhos assentos, lá está a crochetar.

Trabalhar com fios é preencher os dias e acalmar a alma.

Ali podia apreciar o canto dos pássaros. No entardecer passavam em revoada em direção a seu aconchego noturno.

Não passa despercebido que ao findar o dia o antigo pé de hibisco, repleto de flores vermelhas, também se move.

Suas flores recolhem se fechando, num sinal carregado de simbolismo da não permanência...

Essa inconstância leva a buscar nos livros novos significados e melhor compreensão para a aventura humana.

E na apreciação da natureza o preenchimento das lacunas, que tentam se abrir como vales a estampar suas sombras.

Gotas de março

João Cruz

NÃO TENHO A MENOR VONTADE de encarar o mundo, este que me afoga com sua tristeza e desprezo. Há dias em que sou forte (e algumas pessoas me detestam quando eu o sou), mas hoje não é um desses. Entretanto, não posso mais me esconder de meus afazeres. Me recupero lentamente do cansaço, enquanto reúno coragem para sair. Decido por fim encarar o mundo.

Na rua, me esbarro com um homem de terno que aparenta estar apressado (tanto que não me nota). Continuo meu caminho, percebendo um casal derramando juras de amor um para o outro, enquanto uma senhora senta-se em um banco e tampa seu rosto, a fim de esconder o líquido que escorre de seus olhos.

A sinfonia das buzinas dos carros se molda em alquimia com o som dos para-brisas. As plantas se deleitam com o doce sabor do dia. Outras pessoas permanecem em pé, com seus olhares vazios e tristes, enquanto seguram seus objetos metálicos.

Quantos amores, choros, lágrimas, vidas, risadas, danças e adeus cabem em cada gota? Será que ela suporta tais atos? Será que as gotas ainda se sustentam ou se dissolvem com as dores do mundo? Sei eu que já não mais me sustento. O vento agora é forte. Tropeço e desabo.

Levanto-me e caio novamente, me desfazendo a cada queda. As pessoas continuam a caminhar, evitando a todo momento me pisarem. Permaneço me derramando e me dissipando em outros, afinal, a chuva não para.

Prece à chuva

Camélia Rosa

Chove chuva
Chove
Chove
Na cabeça de alguém.
Molhe
Molhe
também
O coração do meu bem.
Leve pra ele
Minha saudade
Meus beijos e bem-querer
Diga-lhe que a distância
Não nos traz felicidade.
E chove
Chove de volta
Tudo que a ele mandei.
Mas afogue a dor do meu peito
Pra que eu resista
Amém.

Invernada

Ronaldson (SE)

O SOL ATIÇA SUA BRASA matinal, pétalas de vulva moça ao orvalho: alfaces acendem esmeraldas.

Ornato raro, vintage agora neste arquivo sem estação:

— Que podem a memória e o coração?

Eram dias longínquos, estrada de barro e piçarra. Dias de chuva em fisionomia de outono, pós-verão, hora que se demora em lembranças e café quente. Espiam vidraças lacrimais, imagens translúcidas, um livro lúcido cheio de dor e plantação. Agrotempo, agromundo, agro dos longes da juventude. A memória é perene plantação.

Colégio agrícola, turbilhão de curral interno. Calos nas mãos, cascas de feridas no coração, secando ao pêndulo de relógio longínquo, cascas caem feito folhas outonais: cada pétala abisma um ai. Aquela mesma invernada de outrora é a chuva que batiza esta memória de agora?

O homem silencioso, relendo um caderno antigo, escritos sem valor, agenda de um tempo de estudos. Caligrafia imatura e devaneios de entrelinhas. O puro conforto de quem sobreviveu, salvou-se ileso, na lavoura de provas, espinhos e sonhos.

Vem a chuva

Lolita Garrido

Ela vem do mar...
Aos poucos vai invadindo a linha do horizonte, penetrando no ar, eclipsando o Sol, sempre após o amanhecer.
Atormentando as ondas, vai aplacando as almas inquietas...
E inquietando outras tantas menos afortunadas nas encostas da cidade de Salvador.
Costumo dizer: Salvador, sua Londres!
Só porque não há hora da chuva chegar.
No inverno, chega de repente;
No verão, vem às sextas-feiras para fechar o fim de semana porventura ensolarado.
Mas, como sou bairrista, evoco:
Chuva de qualquer dia...
Pincela o céu com suas nuvens de chumbo e vem!

Ah, férias!

Leonel dos Santos

AH, FÉRIAS! FINALMENTE FÉRIAS. O destino? Praia Guarani, litoral norte do Rio Grande do Sul. Cinco dias sem ninguém a importuná-lo. Ele tomou todo cuidado para que assim fosse, resolveu dar esse tempo em julho, mês de chuva e frio por aqui. Uma pousada toda sua, ele podia escolher se ficaria na frente ou mais ao fundo. Escolheu ficar nos fundos.

— Obrigado Senhor! Disse ele.

Eu não gostaria de dar o nome da pessoa, é meu amigo, pode não gostar. Mas todos que me conhecem sabem que estou falando do Milton. Pois, o Milton entrou no quarto mais feliz que pinto no meio do lixo, largou a mala, se jogou na cama e dormiu até o outro dia. E o outro dia amanheceu chovendo.

— Chuva! O que mais posso querer!

O Milton queria fazer seu desjejum e não tinha nada pra comer. Mas isso não era problema, ele pegou um guarda-sol e foi até o mercado próximo. Ao vê-lo, a atendente assustou-se, um desconhecido ali naquela época do ano? Ele tomou seu *breakfast* e só depois desfez a mala. A chuva não parava.

— Vou fazer um chimarrão!

Ficou por ali, absorto em pensamentos. Pediu *à la minuta* para o almoço, fez uma sesta, assistiu à TV, foi ao mercado, assistiu a um filme, tomou banho e foi dormir. Acordou no dia seguinte com uma chuva fraca, porém estava mais frio. Achou um anzol pronto pra pesca.

— Hoje vou ao mar!

Na praia, abriu alguns mariscos para iscas, pôs em uma sacola e entrou no mar com o anzol em uma mão e o guarda-sol na outra. A chuvinha não dava trégua. Não demorou e a linha correu, pegou um papa-terra tão pequeno que não dava nem pra fotografar e mostrar aos amigos. Jogou de volta ao mar. Colocou isca no anzol, felizmente as ondas não estavam altas. Correu a linha de novo e de novo pescou um papa-terra muito pequeno. Tirou do anzol e largou o peixinho no mar. Tornou a colocar isca no anzol, jogá-lo no mar e... outro minúsculo peixe.

— Só saio daqui quando pegar um grande!

Jogou o anzol no mar, a linha correu e... peixinho novamente. Repetiu o gesto várias vezes e nada de um peixe que se pudesse chamar de peixe. Até que ele viu algo estranho naquele peixinho. Ele não sabia direito o que era, mas tinha a impressão que já o tinha visto antes. Olhou, olhou... e viu vários buraquinhos na boca do bichinho, trinta e sete buraquinhos. O Milton não acreditou, ele pescou trinta e sete vezes o mesmo papa-terra.

Se eu contar, vão me chamar de mentiroso, pensou ele. *Melhor ficar quieto.*

Na volta o Milton não se aguentou e veio me falar... e eu não posso chamar o chefe de mentiroso.

Detalhes

Lucas Villela

Como esperado, o vento sempre adverte,
no sopro de Éolo,
no alarde dos sinos, no alcance dos ouvidos.

Tranco a janela, o céu escurece.
No telhado,
Toca... Bate... Toca... Cresce...

Viro-me. Meu encanto, sorrindo.
Olhar na leitura, simples, fascinante,
revezando de canto, ao me ver, apreciando.

Meu aconchego.
Seu perfume, calor, energia,
Som da chuva...

Quantos detalhes...

Eterno momento...

Chuva que é rio

Magda Medeiros

TANTAS TAREFAS ME PASSAM pela cabeça, o dia seguinte planejado sem dó. O que falei e poderia ter silenciado neste longo hoje, que já é passado. O travesseiro esquenta, mexo o pescoço na cama para ver se as ideias e pensamentos sossegam.

Pessoas e cenários se sucedem numa correnteza que, no meu quase dormir, não percebo de onde vem.

Um lado do corpo adormece, viro para aliviar a pressão nos ombros. Lembro das tardes com minha mãe, que aos 90 anos adora contar as histórias da família. Ela me encanta e eu escrevo. O caderno das nossas conversas se abre, as reticências, como personagens, ganham vida e narram em sequência, com pausas para respirar naquele jogral de três pontinhos:

... Ah, minha filha, descansar era difícil naquela época (o primeiro pontinho fala alto e professoral)... os colchões eram de palha de milho, quanto mais se deitava, mais amassava, precisava revirar a palha (disse o segundo ponto com o dedo erguido)... em semanada de chuva, ficava tão duro que as costas não aguentavam (a terceira reticência faz cara de triste).

A cena se modifica, eu pequena ainda, acordo e me deito de volta:

— Chovendo! Não precisa ajudar nos campos hoje, oba, dia de ficar sem fazer nada.

(A garotinha, de cabelos pretos e rosto nublado de sono, sai ziguezagueando a sorrir numa cama de sonhos).

O sorriso se transforma em gargalhada, que se junta a do meu irmão, adolescentes voltando encharcados do aguaceiro, brincando numa coreografia descoordenada, os cabelos escorridos nos devolvendo a infância.

Dissolvo a menina que fui, a jovem resmungona a reclamar dos cabelos enrolados pela chuvinha, a mulher adorando a companhia de um romance no sofá, esquecida do temporal lá fora, a mãe atrasada para pegar os filhos na escola e se molhando sem perceber, enquanto se prometia que amanhã seria melhor. A mesma promessa revisitada todas as noites.

Sinto meus pés leves, o peso se derretendo ao som conhecido e relembrado.

O curso do rio aos poucos se torna delicadeza e me dá colo. Os pingos na janela me embalam.

A chuva e o poema

Marco Antonio Palermo Moretto

NÃO SABIA QUE IA CHOVER. Cheguei da rua há pouco, corri para meu quarto e pela janela olhei o céu nublado, parado, ameaçador como sempre acontece antes de chover. Mesmo sabendo que a água da chuva pudesse molhá-lo, deixei a janela aberta, estava seguro e protegido desse fenômeno da natureza. Apenas abaixei os vidros da veneziana e sentei-me em uma poltrona que ficava sempre perto da janela. Luzes fortes anunciavam um dilúvio, o barulho ensurdecedor do trovão deu-me um susto. Cinza e luzes, uma combinação estonteante. Foi então que vi jogado em cima de minha cama um livro de poesias, acredito que o estava lendo na noite anterior e o esqueci ali, abandonado, triste como se pedisse para lê-lo. Peguei-o, abri em qualquer página e por coincidência um poema sobre a chuva: *A chuva chove*, de Cecília Meireles.

Mergulhei no texto, "A chuva chove mansamente... como um sono [...]" e olhei novamente para o céu e pela coloração das nuvens não seria uma chuva mansa. Mesmo assim, preferi acreditar na mansidão da chuva para aliviar meus sofrimentos. A chuva de Cecília traz a tranquilidade, a paz, a serenidade. Neste momento pensei em meus sofrimentos, gostaria que os versos desse poema pudessem trazer-me a paz. A chuva lá fora, a chuva do poema, duas situações em oposição, no entanto, nesse momento prefiro o poema. A autora segue invocando a recordação, outros tempos, outras épocas, em que tempos sagrados fiquei com mais aceitação, compreensão e contemplação?

O vento feroz quase destrói minha janela. Outro susto. O vento do poema também vai invadindo, desrespeitando o que está quieto e adormecido. As lembranças são ventos que não pedem licença para ressuscitar meus antigos sentimentos. Aparecem e pronto, agora choro pelo passado, por tudo que aconteceu. Minhas lágrimas são como a chuva que escorrem sem saber aonde vão.

A chuva lá fora desperta meu coração, a chuva do poema, também. Com o livro na mão, fico olhando para o céu. Chuva no céu, chuva no papel. Não seria melhor que o sol viesse?

O silêncio das nuvens

Maria Hebling

Oh, amigo!
Seus ouvidos já não são nada além de uma máquina encerrada
A vida te roubou e deixou apenas quatro de seus sentidos
Mas ela nunca conseguiu arrancar a melodia de seu espírito
O seu sorriso é tão leve, apesar de você não ter mais na memória
Como era o som de sua gargalhada

Você entende a música do mundo melhor do que muitos
Eis que chegam as tardes chuvosas de domingo, amigo
Você se senta naquele café da esquina
E observa as gotas mudas que caem pela cidade
Água deslizando pelo asfalto e raios deslizando pelos céus

Sua cabeça quase encostada no violão, sentindo as vibrações
Os dedos tecendo as melodias da canção que rodopia em seu coração
Tão belas
Eu te observo

Quero que você veja o brilho em meus olhos, o brilho que você fez
Ensine o mundo a colher a alegria, ensine a garota que está do seu lado

Ah, se existissem mais pessoas
Que entendessem as tempestades tão bem
Quanto você

A ponte velha

Cris Rossi

TUDO ARRUMADINHO NO porta-malas do carro. Maria, com trinta e dois anos e uma orientação médica para férias imediatas, concordou em deixar a construtora nas mãos do irmão. Estressada após a morte do fundador da empresa, seu pai querido, ela precisava de apoio emocional para superar tamanha perda.

Dirigindo confiante seu novo carro, ela estava ansiosa para chegar até uma aconchegante pousada, indicada por um amigo. Lá, encontraria paz, café, almoço caseiro, um quarto com vista para uma floresta de pinheiros e uma piscina de pedras com água morna. Sua mente era um turbilhão de pensamentos que explodiam em centenas de questionamentos sobre o local, preocupações com a administração do irmão e muitas saudades de seu paizinho, um homem forte e que tinha o hábito de pintar frases positivas em pequenas pedras e presenteá-las às pessoas com problemas.

O vento quente que entrava pela janela do carro aos poucos foi sendo transformado em um vento forte e desconfortável. O céu azul foi dando lugar a um cinza carregado de nuvens pesadas. Em instantes, uma chuva intensa tomou conta da estrada, tornando precária sua visualização. Maria respirou fundo e pensou que a tempestade logo passaria. Sem perceber, o aplicativo de mapas do veículo começou a guiá-la para fora de sua rota, levando-a para a entrada de uma ponte velha de madeira. Próximo à ponte havia uma placa indicando uma pousada logo após a sua travessia.

O sol surgiu e seus raios refletiam sobre a pousada, revelando toda a beleza do local. Foi recebida por um casal bondoso que cuidaram para que sua estadia fosse um verdadeiro sonho: caminhadas pelas trilhas rodeadas de belas árvores, banhos de imersão em piscina natural e noites serenas em um quarto aconchegante.

Depois de alguns dias, ao se despedir dos donos da pousada, Maria recebeu deles uma pedrinha azul com algo escrito e no calor do abraço de agradecimento pelo carinho dado a ela, guardou a pedrinha na bolsa.

Na construtora, após relatar seu período maravilhoso de descanso, os curiosos pediram referências sobre o local. Ela ficou surpresa quando seu irmão disse que a seguradora do carro havia comunicado que o veículo ficara parado perto de uma velha ponte destruída e permanecido ali por cinco dias...

Imediatamente, ela abriu sua bolsa e pegou a pedrinha azul. Virou-a e viu a seguinte frase escrita nela:

"Saudades também, filha! Mas, continue forte, porque a vida é cheia de bons mistérios..."

Cora e chuva

Marilda Ribeiro

Pedras simétricas e lisas encaixadas umas às outras
Barulho de chuva que escorre encharcando as ruas
Nascem plantas nos beirais das casas e nos becos escorregadios
Bocejo na vidraça da janela e vejo a chuva sem trovão
Enxergo mulheres e crianças pulando as poças d'água
Do outro lado da rua o casario de uma senhora miúda
Que cozinhou doces e transformou palavras em poesia
Assim é Goiás, num inverno temperado de Cora e chuva

Na varanda

Myrtô Mello

A PULSEIRA FOI O MOTE DA HISTÓRIA... Detalhe? Grandes mentiras? Entrei no enredo. Li, fiz-me até personagem.

É sempre assim a cada livro, sofrendo metamorfose: princesa, detetive, prisioneira, juíza, entre muitos amigos...

Chove — Pingos esparsos, quase musicais.

— Quantas vidas posso viver? Refletindo, fazendo conexão com o real...

Chove — Chuva intensa, constante, quase sinfonia.

Então a pulseira, que foi da vovó, o marido infiel deu, levianamente, à amante. Aconteceu na história... Acontece.

E a chuva continua, invade a varanda com vasos, vasinhos, vasões de folhas verdejantes, brilhantes e suas flores parecendo sorrir em sua exuberância. Cenário perfeito, pois, das gotas escorregando pela porta de vidro, surgiriam asas a me levar para dentro da história.

A leitura acabou.

A pulseira voltou à neta, mentiras à parte. A cortesia da amante deu fim à disputa. A menina, neta, cresceu com a pulseira.

Ficção, real?

A chuva foi real.

A chuva parou. O céu coloriu. É verão!

Estações da vida

Maria Cristina Matias

DENTRE TANTAS OUTRAS COISAS, minha mãe recebeu da minha avó o legado do medo da chuva. Mas, só o medo da chuva forte, com raios e trovoadas, da chuva fina, ela gostava e dizia: Tomara que venha uma chuva bem mansinha.

Minha avó veio do sertão da Bahia, e nas conversas que tivemos ela me disse que no lugar onde morava não havia chuva e quando a cidade ficava desabastecida, a água chegava em caminhões que vinham de longe, ou quando as pessoas faziam um buraco muito fundo no solo ressequido para encontrar o líquido. E quando minha avó chegou no estado de São Paulo com sua família, esse medo nasceu ao ver o aguaceiro dos meses chuvosos. Bem, foi assim que imaginei que tivesse acontecido.

A minha mãe, ao sinal dos primeiros pingos de chuva, corria tirar a roupa do varal, fechar janelas e desligar os aparelhos elétricos das tomadas. E a cada raio que iluminava o céu, invocava o nome de Santa Bárbara. Em seu quarto, acendia velas, queimava folhas de coqueiro ressequidas, guardadas em uma gaveta desde o Domingo de Ramos.

Quando ainda era uma menina, ajudava a sua família a debulhar o milho colhido da roça e tratar dos bichos, da criação, como ela dizia. Uma lembrança que marcou sua infância foi de uma tarde em que ela estava sentada num monte de palha, o sol sumiu, nuvens cinzas cobriram o azul do céu e o estrondo de um trovão anunciou o começo de um temporal. As cabritas que pastavam placidamente a vegetação rasteira se assustaram e, assim como a minha mãe, desandaram a correr pela campina.

Cresci ouvindo essas histórias, mas, ao contrário das mulheres da minha família, a chuva não me assusta. Em minhas andanças pelas estradas, fico deslumbrada com o tempo fechado no campo, com as nuvens baixas parecendo se juntar às plantações. E não penso neste cenário como um tempo feio. Nos dias quentes de verão, em que sol e chuva se alternam, meus filhos ainda pequenos, corriam para o quintal para receber a chuva fria que aliviava o calor.

A chuva é também bálsamo para nossas aflições. Uma vez, ao final de um dia, a angústia me oprimiu, saí a andar sem rumo e a chuva me alcançou no caminho, encharcando todo o meu corpo. Assim como a chuva tinha lavado a noite e posto o sol para secar o dia, ela também levou o peso da minha tristeza.

Quando o céu e meus olhos deságuam, guarda-chuva, tempo e vida, me acolhem.

Louvor às águas de janeiro

Mário Porto

Lá fora o tempo corre e escorre a água que encharca a terra da
chuva que ora não cessa!
Lá fora a chuva faz festa para as flores, bichos e campos.
Bem e mal para o homem rico ou pobre, que perde casa,
objetos, estrada!
Chuva bendita, que seja sempre louvada!
Chuva que molha o chão e faz nascer o grão, a plantação, e mais
tarde, a colheita.
Chuva que o sertanejo respeita, e quando deita entrega a Deus o
seu sertão!
Na cidade tudo é tão diferente: é casa sem teto, sem parede,
homem inquieto.
Barranco que cai, correnteza, enchente!
É gente correndo sempre num vai e vem; uns vão, mas não vêm.
A água leva e lava toda a cidade, que sem maldade escorre,
cumprindo sua missão!
É janeiro, o mês primeiro!
Louvado seja o aguaceiro que cai, dias e dias a molhar!
Lá de cima nosso Pai sabe a hora de parar!
E as crianças? Ah, essas crianças, com seus barquinhos na enxurrada,
felizes na chuva estão, só pensam em brincar, mais nada!
Melhor na chuva que ouvir historinhas de fada!
Lá fora, há horas, há noites, há dias a chuva continua!
Saudades do sol e da lua!

Louvor às estrelas, mesmo sem vê-las,
ao céu, às nuvens e ao Deus Onipotente!
Louvado sejam nossos celeiros, porque louvadas estão as águas de janeiro!

O revoar da coruja

Maria de Fátima Fontenele Lopes

A CHUVA BATE SUAVEMENTE na vidraça da minha janela, nesta tarde fria de inverno. O pôr do sol, entre nuvens, deslumbra por detrás da colina, onde reluzem as cores do arco-íris que desponta no horizonte. Do quarto, escuto o barulho das águas da cheia do riacho, que descem velozes por entre os arbustos, vindas das cabeceiras. O terreiro de barro vermelho encharcado e escorregadio. O céu encoberto de nuvens escuras. A brisa chega trazida pelo vento que vem de encontro à minha face.

Absorta, vou ao fundo das minhas lembranças e retorno no tempo da longínqua infância, dos banhos de riacho onde, por diversas vezes, desci perigosamente naqueles turbilhões de água com irmãos e a meninada da vizinhança. Era simplesmente maravilhoso. A água límpida deixava transparecer nossos corpos já arroxeados pelo frio e as rochas que faziam o redemoinho das águas provocavam nossas quedas e alguns arranhões por todo o corpo, causados pela areia grossa do fundo do riacho.

De volta, seguíamos por uma estrada de difícil acesso, onde passavam caminhões carregados de frutas, rapaduras e outros produtos agrícolas, vindos de um município vizinho, para venda na feira semanal da minha pequena cidade. Às vezes, no rigor do inverno, o trajeto era interrompido por muitas horas, pois o velho caminhão ficava preso nos atoleiros.

Para nós, crianças, era um acontecimento que despertava a nossa curiosidade pelo movimento dos homens, na tentativa de tirar o carro daquela situação vexatória. No caminho, encontrava minha mãe, muito aflita, à procura das ovelhas com crias recém-nascidas, para salvá-las das enchentes. Buscava também a vaca de bezerro novo, que ainda não tinha retornado do pasto. Tudo aquilo se constituía em grande aventura e perigo em adentrar na mata fechada para encontrá-los.

Na penumbra do anoitecer, com a missão cumprida, o retorno para casa, onde meu pai, já agoniado, esperava os seus animais para colocá-los no cercado, onde pernoitavam com mais segurança. No alpendre, muitos animais recolhidos devido à umidade do tempo. O candeeiro aceso sobre a mesa da sala iluminava o espaço em que era servida a farta ceia, em que não faltava o tradicional cuscuz de milho novo, feito em panela de barro, envolto em pano de prato, preparado no fogão à lenha, e a suculenta coalhada de leite puro. Em seguida, era hora de armar nossas velhas redes no salão da casa para mais tarde nos deitarmos e usufruirmos do sono tranquilo de uma noite embalada pela sinfonia dos sapos nas águas próximas da casa, para amenizar o cansaço das travessuras do dia. Após escutar as bonitas histórias de Trancoso, do meu pai, cada um se dirigia ao repouso merecido.

Os pingos da chuva no telhado deixavam a noite mais encantadora. No silêncio, eu escutava apenas as batidas do meu pequenino coração. O revoar da coruja fez-me voltar feliz das minhas memórias ao reviver aqueles inesquecíveis momentos e acalentar a infinita saudade de uma infância bem vivida.

Brasa sem chama

Marli Marlene Hintz

CHOVIA MAIS QUE RIO ladeira abaixo. Ainda assim, nos reencontramos num bar. Após meia hora, o frango encontrava-se sobre a mesa, servido em uma grelha fumegante. Fitei meu acompanhante nos olhos e, assoprando uma brasa, cogitei em silêncio:

— Impossível reacender uma chama.

Exaustão e gratidão

Rubiane Guerra

CADA DIA QUE PASSA SINTO que estou na profissão que me satisfaz. E estar certa do seu papel no mundo faz com o meu coração se encha de amor.

Hoje, um aluno me agradeceu por aprender a ler e a escrever. Em suas pequenas junções silábicas e na sua calmaria, leu duas frases que havia em seu caderno. Não era uma criança, era uma mulher adulta, cheia de conhecimentos de vida. Ela só queria aprender a ler e a escrever para "se virar" e não depender de ninguém.

Ser professor é acreditar que sonhos são possíveis, acreditar no poder que a palavra tem. A minha felicidade foi tão grande que os olhos se encheram das mais belas lágrimas. Agora, sentada em minha cama, quase à meia noite, depois de um dia cansativo, fico pensando em como a vida é linda, como esta exaustão é proveitosa e como encontrar a verdadeira vocação é necessário.

Assim é a vida, talvez as pessoas não entendam como são importantes na vida de outro ser, como podem ajudar e fazer da vida da outra pessoa um pouco mais fácil. É como uma pequena gota no meio do oceano, que só é sentida por aqueles que a necessitam. É um chuvisco de esperança na caminhada de outro ser. De gota em gota podemos fazer a nossa vida mais valorosa, com sentido exclusivo que só nós possamos sentir. E é tão boa esta sensação!

Dia de chuva

Michelli Pessoa Marinho

Choveu saudade naquele dia
Chuva que inundou a cidade
Ninguém ficou de fora
Alma lavada de sentimentos
Plenos
Intensos
Diluídos na razão
Gotas de emoção
Que só a ausência desperta
Límpidas
Puras
Desaguando na população
Dispersa de sentir
Nunca se viu coisa do tipo
Lavou o pranto
Diluiu o manto
Devolveu o sorrir
Virou história no município
"Banho de chuva trouxe o esquecido"
Agora nítido
Molhando a quem se permitiu
Fluir.

Chuva que faz renascer

Mildred Pitman

ÀS VEZES BASTA UM PINGO. Outras tantas é necessária uma torrente para que despertemos de nós mesmos. Uma espécie de "mergulho em pé" em uma chuva pode tornar-se suficiente para percebermos a grandeza das pequenas coisas e acontecimentos.

E foi exatamente isso o que aconteceu com Adelaide naquela tarde de segunda-feira, quando voltava para casa após um dia de inúmeras tarefas planejadas, mas não concretizadas.

Uma insatisfação com o não-resolvido tentava dominar seus pensamentos enquanto caminhava distraidamente. Até que sentiu algo. Uma gota havia molhado sua cabeça, mas ela achou que poderia ter passado embaixo de um ar-condicionado e sido atingida por respingos.

Não era bem isso. Tratava-se de um pingo de chuva. E ela, diante de tantas coisas que tinha a fazer naquele dia, não carregava consigo um guarda-chuvas, o que logo a fez imaginar que, se não caminhasse mais rapidamente, poderia molhar-se bastante.

Apressou o passo em direção a uma loja, cuja marquise poderia lhe servir de abrigo caso a chuva aumentasse, mas nesse caminho deparou-se com uma cena que se tornou inesquecível: diante de uma casa simples e da mesma chuva que se aproximava e a assustava, duas crianças de 5 ou 6 anos juntaram suas mãos e começaram a dançar em roda, com sorrisos largos e cantarolando, esperando que a chuva as molhasse.

De fato, a chuva começou a cair, e as crianças, ao invés de ficarem tristes por se molharem, como Adelaide sabia que ficaria, evidenciaram estar radiantes, aumentaram sua efusividade e passaram não apenas a rodar juntas e cantar, mas a deixar cair sobre si toda a chuva grossa que dominara, rapidamente, o céu daquela tarde.

Olhando agora por essa perspectiva, Adelaide entendeu que as crianças tinham um rosto lavado de chuva e alegria, em um cenário de puro e simples prazer por uma brincadeira que ela há muito sequer lembrava existir.

Naquele momento, enquanto as crianças tomavam a água da chuva e sob ela viviam sua meninice, Adelaide esquecera do propósito de seu caminho até um lugar no qual pudesse se refugiar, assim como da frustração de seu dia. Simplesmente cedera espaço à sua memória de infância quando, junto a seus irmãos, esperava as tardes de chuva no jardim da casa de seus pais para como eles dividir o momento em que seu Eu mais puro se satisfazia com um mero pingo de chuva aguardando, no entanto, que um pé-d'água encharcasse seus corpos e possibilitasse que todos brincassem livremente, sem pudor de sujarem os pés na lama.

Por um instante Adelaide esqueceu que era adulta, que tinha problemas e obstáculos a ultrapassar.

Apreciou o sorriso das crianças e decidiu parar ali mesmo. Fechou os olhos e deixou a chuva cair sobre si, em um ritmo próprio, o das lembranças mais importantes. Encharcou-se, mas foi como se tivesse lavado com água limpa uma mente deveras preocupada. Fundiu-se com aquela chuva, de modo que nem ela própria conseguia mais perceber se havia lágrimas em seus olhos ou se eram os pingos d'água que agora reluziam como diamantes lapidados de fé e coragem no viver.

O que ela sentia dominava-lhe os sentidos e ali mergulhou dentro de si própria, abeberou-se da afeição que sempre teve pela vida e pelos laços fraternos que a unia a um determinado número de pessoas, as mais importantes e queridas.

A sensação da chuva em gotas definidas ou em torrente molhava não apenas seu corpo, mas cada passo já dado em sua vida e com isso ela se deu conta de que estava plenamente ciente de que chuvas e tempestades vêm e vão, assim como o sol e a lua têm seu momento de resplandecer ou de resguardar-se para outro surgir.

Complacente consigo e com suas limitações, ela abriu seus olhos, viu a si, e retomou sua caminhada. Levantou a vista e reconheceu no céu a chuva indo embora, mas deixando para trás o espaço necessário para, com seus restos, a luz solar formar um arco-íris.

Como toda chuva que vai, Adelaide também deixou que se fossem suas agruras momentâneas e guardou dentro de si a beleza que a água sob tal forma traz: renovou sua força e ressurgiu em si, como uma Flor de Lótus que brotou da lama formada da junção da terra com chuva.

Adelaide renasceu com a chuva daquela tarde.

Vida menina

Mônica Monteiro

Abro janelas
descortino tempos...
tudo é possível —
o cheiro do café,
pães quentinhos,
o sabor das frutas,
as cores do dia,
a vida
acontecendo...
há estações em mim
e tardes
e manhãs
e chuvas de verão —
meu barquinho de papel
carregando
meus feitos de menina
(ares de paz
que me trazem o livre)
quintais me esperam
na espreita por um sorriso
travesso
e vou
e sou
o uni(verso) de mim!

Sinfonia da chuva

Patrícia S. Lima

EM UM DIA CHUVOSO DE RECESSO ESCOLAR, Pedro deixou a filha Juliana na casa de Celeste. Desde que chegou, a menina estava mais interessada em aprender com Vanda a fazer mousse de limão com cobertura de chocolate, do que em compartilhar a doce companhia da avó, entediada com pouco disfarce pelo dia sem sol. No fim da tarde, quando voltou para pegar a filha, Pedro foi surpreendido pela cena: a menina descalça, de rabo-de-cavalo, avental e dedos lambuzados, com o cheiro de chocolate já a dominar todos os cômodos, intimando-o a esperar até que sua produção confeiteira estivesse finalizada. Aproveitando o momento, compartilhou com a mãe a novidade da semana: Juliana havia decidido ser chef. Queria estudar na famosa escola de culinária *Le Cordon Bleu Paris*. Tinha tudo planejado: iria usar as aulas de francês para aprender o nome dos pratos e não passar vergonha entre os futuros colegas. Celeste achou divertida a estratégia da neta, logo entendendo porque a menina perguntou a grafia correta de *mousse*.

O tamborilar insistente da chuva em sua varanda já não a distraía mais. Diante da revelação, Celeste pegou o filho pelo braço e o conduziu até a cozinha, onde, de um dos armários, sacou seu antigo livro de receitas escritas em francês. Folheou as páginas há muito manchadas por momentos como aquele, em que escolheu uma receita fácil de pão, lendo em voz alta para que Juliana traduzisse os ingredientes e assim Vanda os pudesse separar. Em pouco tempo, estavam os quatro a sovar a massa entre a farinha polvilhada, como numa brincadeira de criança sobre a bancada, já contando em comer as delícias daquela tarde com café bem quentinho ao som crocante da casquinha do pão assado, acompanhados pela sinfonia da chuva fina do lado de fora.

Chuva de amor

Michelli Pessoa Marinho

A chuva me lembra o amor
Pingos nos "is" que importam
Saudando a imensidão da alma
Dispersa pela ilusão
Inundando a emoção
De outrora
Outra hora
Vislumbre do peito
Audácia dos sentidos
Infinitos a vibrar
Desaguando no mesmo ritmo
E já tão nítido
Límpido a clarear
Sublime amor
Forte devaneio
Preso no tempo
Que chora ao lembrar
E escorre na chuva
Feito água
Limpa os sentidos
Purifica destinos
Jorra o que veio para ficar
Já viu coisa melhor que banho de chuva?
Nem eu.

O castelo

Paulo Sena

EM VIAGEM À FRANÇA, AYRA E IURI ficaram pasmos com a beleza do castelo de Chenonceau, com o qual o rei Henrique II presenteou sua amante Diane de Poitiers. O casal apressou-se para se abrigar da chuva; Ayra sentiu o coração acelerar diante do retrato da Rainha Catarina de Médici, que ocupou o lugar como sua residência após a morte do marido. Conduzida por uma força maior e absorta em deslumbramento, ela marchava maquinalmente para conhecer o salão de baile. Ficou surpresa quando uma camareira a puxou pela mão e falou:

— Venha, princesa! Já está atrasada!

Ayra seguiu a mulher para um cômodo onde ela lhe entregou roupas para vestir.

— Meu marido! — Ayra protestou intrigada.

— Não se preocupe — observou a camareira, — os nobres subiram para escolher as armas para a caçada amanhã. Logo eles se encontrarão no salão.

Ayra ficou abismada ao se ver vestida como uma princesa. A camareira abriu a porta e sinalizou para que ela a acompanhasse. Ayra apressou-se na direção da música.

Ao adentrar ao salão, percebeu o castelo em festa, com todos os presentes em trajes de gala. Ela viu de relance alguém que julgou ser a rainha Maria Stuart, porém, a mulher rodopiou ao som da valsa e desapareceu entre os casais.

Aliviada, Ayra viu Iuri se aproximar vestido como um nobre. Ele tirou-a para bailar. Surpresa ao descobrir que dançava bem, ela sentiu-se leve em seus braços. A chuva batia contra as vidraças; relâmpagos seguidos de uma trovoada invadiu o ambiente. Apesar do mau tempo, os casais continuavam dançando despreocupados. A Rainha bailava com seu filho, o futuro rei de França, usando os mesmos trajes que Ayra vira retratados em uma pintura.

De repente, Catarina de Médici abriu os olhos e a encarou severa e intimidadora.

— Diane de Poitiers! Como se atreve a invadir minha festa?!

Ayra sentiu uma espécie de vertigem ao ser confundida com a rival da rainha e se viu sacudida pelas mãos poderosas da soberana que a expulsava do salão.

Na realidade, Iuri a amparava em seus braços e a sacudia na tentativa de fazê-la voltar a si.

— Ayra! Ayra, meu amor! O que você tem? Fale comigo!

Ayra abriu os olhos e olhou em volta, decepcionada. O salão estava calmo, alguns turistas circulavam por ali. Meio atarantada, ela disse:

— Acho que cochilei. Estou bem agora. Parou de chover, meu amor, vamos visitar os jardins!

— Claro, minha adorada! — Iuri a beijou ternamente e acrescentou: — Veremos flores exóticas e trocaremos opiniões sobre se o mais bonito seria o jardim de Diane ou o da rainha Catarina.

Gentil bátega

Paulo Azevedo

Tendo estas nuvens por travesseiro
E as gotas cadentes por caminho
Sigo a interna senda, tão sozinho
Em meu vasto mundo sem paradeiro.

O murmurar da água que ao chão bate
Macula o silêncio de minha Capela
Lágrimas frias descem na Janela
Precioso clima de grande quilate.

Assento confortável, o som da lembrança
Abro calmamente o livro da memória
Molhando meu rosto, o enevoado tempo.

Na enxurrada segue toda esta história
Em uma mistura de grato sentimento
De um momento passado de criança.

Minha melodia

Rayane Christiny

ESTOU DEITADA EM MINHA CAMA, escrevendo em meu diário e me deparo com o som das gotas de água caindo no chão. Antigamente, meu coração acelerava. Tinha medo de estar sozinha e ouvir o trovejar dos raios. Não podia ouvir a palavra chuva. Mas uma pessoa me ajudava nessa situação, meu amado. Quando eu estava com ele, ouvir o barulho da chuva era diferente. A melodia me acalmava, parecia que cada pingo de água caindo de uma árvore era a chave para nos levar a outra dimensão. Era como dar doces às crianças. Era como ouvir a risada de um bebê. Eu me sentava na calçada da estrada e toda a água começava a escorrer.

De mãos dadas com seu amado você estará e assim não terá o que temer. Toda a confusão que nos persegue irá sumir, a mente ficará vazia e com os pés no chão poderemos dançar e limpar a alma com cada pingo de água.

Ele era a minha melodia, mas não tenho mais um amor. Infelizmente o meu se foi, e quando aconteceu, eu chorava toda vez que chovia. Com o passar do tempo, a ansiedade estava me matando, então, comecei a fazer tudo que ele me ensinava e em um sonho ouvi ele me dizer:

— Não tenha medo. Eu sempre estarei com você. Agora, você deve achar a sua melodia. Eu te amo.

Foi daí que tirei coragem para aprender a me amar, a me abraçar, a acariciar o meu corpo. Assim, quando chove, não tenho mais medo, porque agora me encontrei dentro de mim e todo pingo de água é uma nota musical que me leva a outra dimensão. Quando vejo que a música começou a tocar, já penso no que irei fazer, meus planos para me amar, descansar e limpar minha alma.

Sempre que ouço o barulho da chuva, eu leio um livro embaixo da sacada; bebo um chocolate quente; vejo séries, enrolada no cobertor e danço na chuva descalça com a nova melodia que me acalma. Depois que a chuva passa, ganho mais intimidade comigo. Pode acreditar, nada é melhor do que se autoconhecer e ganhar sua própria melodia. Obrigada, meu amor, você me ajudou novamente.

Chuvisco

Roberto Bhai

Vejo as folhas balançando
E, ao alto, o céu escuro
Os pássaros voam cantando
Buscando abrigo seguro

O chuvisco cai imaturo
Aliviando o calor que fere
Trazendo alento futuro
Pedindo ao solo que coopere

A natureza em si sugere
Que observe a sua fase
Pois, ao apressado, espere
Para manter a interface

Se deseja chuva perene,
Seja a luz e não envenene.

Chuvas das minhas memórias

Rogério Vaz

O ESPANTO NO OLHAR É DEFORMADO no reflexo do vidro, que recebia com força uma enxurrada de gotas corridas, pequenas, redondas e parecia que iam pintando a janela do quarto. Sensação de proteção aqui dentro, só olhando e imaginando o quanto a chuva poderia estar fria e forte, pelas águas que desciam do céu. Como elas foram parar lá em cima? Quem era o responsável por ligar a chave para colocar toda essa água no céu?

Distanciando mais, estavam um casal de passarinhos, grudadinhos um no outro, quietos. Eles não tinham nenhum quarto ou janela para se protegerem da fria água, que escorria pelos galhos, folhas e pelo tronco. Encontrando o chão, eram outros desenhos e mini rios que se formavam junto às raízes. As águas pareciam vivas, não paravam quase nunca. Ao encontrarem alguma pedra, até ficavam retidas, mas logo seguiam seu caminho.

As águas correm. O tempo passa, a vidraça embaça mais agora, com a respiração acompanhada do olhar perdido, que espantado observa a natureza pura. A chuva diminui e as batidas descompassadas de gotas no vidro, que tentavam invadir o quarto, foram escasseando, foram se acalmando e foram substituídas pelo *tic tac* do relógio de corda. Será que ele acordou com o silêncio da chuva? Ou estava o tempo todo acompanhando de longe o olhar pela vidraça?

Abre-se um rasgo entre as nuvens e desce um facho de intensa luz, que estranhamente torna-se lindo. Nuvens negras que despejavam águas, abrem-se agora para a luz.

Parou. É hora de descer, de aproveitar os últimos rios que ainda escoam por entre as pedras e raízes. O pátio torna-se um grande arquipélago, onde o barquinho de papel vai ligeiro ao gosto das águas. Até mesmo folhas secas tornam-se jangadas rústicas. Em uma delas havia uma joaninha, que firme sobre a folha seguia balançando sobre estes rios de chuva.

Secou. Com rapidez tudo o que desceu do céu sumiu, ficando somente o cheiro de terra molhada, barro remexido e meu barquinho encalhado. A joaninha já havia desembarcado de sua jangada e seguia sua vida tranquilamente.

As chuvas das minhas memórias sempre voltam quando, por instantes, olho pela janela do carro, do avião ou do escritório. Onde as águas desciam, desenhavam histórias e embalavam fantasias de um garoto, que ainda iria conhecer o mundo e veria muitas chuvas, muitas águas, muitos frios e muitos pensamentos.

Chuvas e pitangas

Rosauria Castañeda

Das lembranças da infância, as melhores são da casa da vó
Tinha meu balanço na figueira e eu não me sentia só
Depois do almoço, a sesta, minha vó ia dormir
Pra depois colher pitangas... o melhor estava por vir
De tarde, enquanto dormiam, eu via as roupas no varal
Num vai e vem de calças, vestidos, até um lençol de tergal
Às vezes, uma roupa mais comprida se enredava na pereira
Eu contava até dez, e ela voltava a balançar faceira
Ainda na janela, ansiosa que o tempo passasse
O relógio parecia ter parado, sem que ninguém mandasse
E a dança das roupas continuava, com aquele morno suave vento
Junto a um coral de cigarras, que ainda ouço, apesar do tempo
Depois de uma eternidade, minha vó reunia uns biscoitos
Algumas jarras de limonada e nós saíamos afoitos
Banhos no açude, como esquecer essa lembrança?
Memórias marcantes dos tempos bons de criança
Perto dos pés de pitanga, tinha uma cacimba
com uma água gelada, pura e muito limpa
Nós, crianças, íamos numa algazarra de felicidade
Colhendo frutinhas e afetos... Meu Deus, que baita saudade!
Tinha dias que, de repente, vinha aquela chuva de verão
que corria no nosso corpo, lavava a alma e o coração
Que sensação a água escorrendo nos cabelos, no rosto!
E a gente corria na chuva, brincando com gosto
só restam imagens vivas na memória
Em pedaços grandes de minha história
Guardadas em gavetas de tempo

que de vez em quando, vem passear no pensamento
Não tem mais casa de vó, nem colheita de pitanga
Nem dá mais para as brincadeiras na sanga...
Crescemos, e hoje até a chuva é diferente
Cadê os banhos na chuva, cadê a criança inocente?...

Sono e sonhos

Rossidê Rodrigues Machado

É NOITE, ALTAS HORAS! Nayara, ainda na sala, folheia um livro do seu curso superior de matemática, que se encontra sobre uma mesa, lendo o conteúdo e desenvolvendo os exercícios. Está tomada pela insônia devido à apreensão, pois uma das suas provas será realizada amanhã. Em sua memória, o agito de um vendaval de números, regras e fórmulas.

Em certo momento, Nayara é surpreendida pelo som de um leve trovão, que pelo ar se dispersa e toca seus tímpanos. Chuva? Interroga numa voz quase silenciosa; volta o seu olhar rumo à janela que se ilumina pelo clarão de um relâmpago, que em dourados fios se lança lentamente do infinito. Vê alvos pingos que vem caindo. Uma chuva fina que apalpa a vidraça suavemente, lembrando notas musicais; o clima de uma canção de ninar vem acalmá-la e num gesto amigo, de doçura, a convida a repousar no aconchego dos macios lençóis de seda de sua cama, para algumas horas de sono e sonhos.

Nayara, já em seu quarto, como um anjo que vem do céu, guiada pela luz de sua fé, de joelhos, num diálogo de gratidão ao Criador. Um obrigado pelo dom da vida, pelas dádivas do dia a dia. Uma oração que leva ao céu sua devoção, e um pedido de uma filha que tanto ama a Deus para iluminar sua inteligência, na prova tirar de letra um dez!

Em segundos, Nayara adormece. Lá fora, a chuva fina espalha positivas vibrações; derrama bênçãos sobre essa jovem que tem um ideal: ser um exemplo, não de beleza física, de orgulho pelos dons que recebeu, mas pelo seu poder de ser gentil, amável, generosa; dizer um bom dia a todos que a cercam, que vê em sua frente; expressar um sorriso, uma palavra afetuosa que venha despertar ânimo, alto astral aos que cruzam seu caminho.

Nayara, que sonha dormindo, mas também acordada, vê o mundo como na janela de sua casa; parece pequeno, mas, ao se deparar com ele, se surpreende, é uma imensidão de diversidade que a criação lhe traz como oferendas: o bem-estar do frescor da suave brisa trazida pelo vento, o calor que a aquece, o encanto do show das borboletas, o perfume das flores que colorem a natureza a invadir o seu quarto; o ruído dos passos, a voz da animada conversa de pessoas de todas as idades que por ali vão e vem... O prazer do seu sono que lhe devolve energia e lhe proporciona o descanso.

A noite se despede e vai se distanciando. Risonha, acena ao sol que irradiando luz desponta no horizonte. O rei dos astros cumprimenta as nuvens que o cobrem e choram de emoção; a chuva, suas lágrimas em gotinhas, cai e faz florescer a paisagem.

Nayara desperta. Após uma ducha e um delicioso café, parte para a faculdade; em seu pensamento a certeza; está confiante, em paz, e mais: na prova se sairá bem, nota máxima!

Chuva de sentimentos

Mylene Kariny

Meus sentimentos intensos.
Que preciso deixar fluir.
Cada sentimento é uma gota da intensa chuva que eu sou.
Pingos mais fortes e outros mais suaves.
Às vezes uma tempestade.
Às vezes chuva em meio ao calor.

Dias nublados dentro de mim.
Dias ensolarados com pingos de chuva.
Uma alegria que se transforma em gotas.
Uma felicidade que transborda nos olhos.
Gotas com significado.

Os pingos que mais pesam mostram a grandeza do sentir.
Nessa chuva de sentimentos.
Preciso deixar-me transbordar para o meu céu limpo ficar.
Nuvens nubladas dissipar.
Por chuvas tenho que passar.
Para mais forte ficar.

Bendita chuva da minh'alma

Rubens Gomes Corrêa

COMO JÁ HAVIA PLANEJADO durante a semana, naquela manhã de sábado, iria ao parque andar de bike. Amanheceu com um belíssimo sol e calor abafado. Lembrei-me de algumas coisas pra fazer e deixei o passeio para o período da tarde, já que teria de dar uma arrumada na casa e em algumas coisas pendentes, como lavar roupas, limpar o banheiro e arrumar o guarda-roupas. Coisas que parecem banais, mas que se não forem feitas por você, ninguém mais faz.

Acabei por gastar tempo demais e, quando percebi, a manhã já estava indo embora, porque resolvi fazer uma refeição, já que estava perto do meio-dia. Uma salada, arroz e ovos estariam de bom tamanho para o meu almoço. Entretive-me na cozinha, resolvendo deixar alguma comida pronta para a semana. Maldita organização que aprendi com minha mãe, de não deixar nada para depois. Herdei dela essa mania. Falo isso porque, ao sair da cozinha levando o prato para a sala, olhei pela janela e o tempo estava dando uma reviravolta.

O céu que era de brigadeiro e o sol escaldante já não existiam mais. Uma nuvem preta fechava toda a minha visão. Enfiei a cabeça pela janela e percebi os primeiros pingos de chuva. Saí correndo para tirar a roupa do varal. Ainda estava úmida, mas a minha sorte foi ter estendido a roupa em cabides, o que facilitou retirar e estender lá na lavanderia mais rapidamente.

A chuva engrossou. Lembrei-me das janelas abertas. Corri e consegui fechá-las a tempo de não molhar dentro de casa. Fiquei no sofá, como de costume, com o prato em uma das mãos e os talheres na outra. Apoiei o prato no colo e ao som de músicas da minha *playlist*, comia.

Enquanto isso, observava a chuva desaguando em tudo o que tinha direito e meus planos de passeio, pedalar, exercitar e curtir o parque, estavam indo por água abaixo com aquela chuva. Comecei a me lamentar. Lembrei-me que tinha um *Merlot* na geladeira, que abri no fim de semana anterior. Uma taça seria suficiente para a quantidade que preparei de refeição e, por isso, deixei ainda a garrafa na geladeira, quase na metade.

Não tirava os olhos da janela, contemplando o vento que atirava os pingos da chuva, como se estivessem sendo arremessados um a um no vidro, fazendo um som estridente, como se quisessem entrar em casa. Os pingos deslizavam pelo vidro, fazendo desenhos na minha mente... Um rio, cera de uma vela, seiva de uma árvore, gotas escorrendo pelo bojo da garrafa de vinho e lágrimas de choro, que acabaram por me levar a um estado de melancolia.

Só me restou terminar o vinho ao qual me transformou em questão de minutos. Chegou trazendo um alívio às minhas frustrações. Já estava na minha segunda taça. Vislumbrei uma sensação de bem-estar, relaxamento, uma paz e uma tranquilidade naquele meio da tarde. Não me preocupava mais com os afazeres da semana, nem com o passeio ou com a louça e as roupas. Estava inteiramente de boa, não me importando se lá fora tinha sol ou chuva.

Resolvi aproveitar o momento, caí no sofá, jogando minhas pernas para cima das almofadas. Comecei a relembrar há quanto tempo não fazia aquilo, relaxar e não me preocupar com nada, nada, nada. Na verdade, minha mente nunca foi quieta e, por isso, veio à minha lembrança pessoas queridas que não via há algum tempo, como meus amigos. Há quanto tempo não os encontrava e não fazíamos nossas reuniões pra jogar conversa fora, ouvir música e reclamar do trabalho?

A música ao fundo tocava Belchior, *Pequeno Mapa do Tempo*, e as lembranças foram muito além dos amigos. Foi encontrar um amor que tive há alguns anos. Foi daquelas paixões de tirar o fôlego, de passarmos o dia deitados na cama, sem pensar e sem falar nada. Mas, como tudo que é bom, um dia tem seu fim, este também teve.

Ele havia recebido uma oferta de trabalho e teria que se mudar para Portugal. Quando retornava do aeroporto, eu ainda chorando, prometi a mim mesma que nunca mais iria arrumar outra pessoa. Não queria me iludir novamente. Havia feito planos em minha cabeça e naquele instante, tudo desaguava. Já tinha se passado um ano desde a nossa despedida. Aos poucos, fomos parando de conversar e aquela chuva que eu tinha amaldiçoado no início da tarde, já me fazia amar por tudo que me trouxe na lembrança.

Um momento que me fez sentir a falta dele, de um abraço, beijos, carícias, tirar as roupas... O que me levou até a sacada para sentir o vento, a chuva tocando meu corpo.

Abri a janela e a chuva me abraçou com a lembrança e a suavidade do seu toque. Meu corpo foi coberto pelos pingos da chuva que escorriam e me faziam abandonar a tristeza e nela, as velhas lembranças ruins. A chuva lavava meu corpo. As lembranças que me fez naquele dia me sentir abandonada, agora me fazia querer viver novamente. Tomei o último gole do vinho e fui me enxugar. Bendita chuva que limpa, rega e alimenta minha alma.

Pura transformação

Rubiane Guerra

Gota que cai levando a dor
Buscando o acalento e o esquecimento
Segue o seu curso sem se importar com desafios
Brilhando com cada luz dirigida a ela

Chuviscos de uma vida em paz, de gratidão e amor
Respingos de satisfação e energia vital
Amor fugaz que surge em cada reflexo
Batendo carinhosamente em cada habitação

Tormenta que dissipa a dor e a feracidade
Misturando sentimentos de terror e leveza
Rasgos de uma vida sofrida que se transforma
Furacão que varre a maldade

Leveza e tranquilidade...
Vida que se transforma!

Os sapatinhos encantados

Sandra Memari Trava

ANGEL, UMA MENINA DE 10 ANOS, nunca se achou bonita. Morava com seu pai em uma casinha muito simples. Toda noite, de sua cama, olhava para um buraquinho no telhado e viajava em seus pensamentos.

Naqueles momentos mágicos o que queria era um sapatinho que a transformasse em uma linda menina, um sapatinho, como o das princesas em contos de fadas. Ficava ali, horas e horas imaginando como seria se tivesse o sapatinho encantado.

Quando acordava de seus sonhos, olhava para seus pés e o que via? Um chinelinho muito surrado.

Como poderia pedir a seu pai os sapatinhos tão sonhados, logo ele que trabalhava tanto para trazer o mínimo de alimentos para casa, que fazia de tudo para agradá-la, como pedir algo assim?

A vida que levavam era muito difícil, sua mãe os abandonara quando era pequena. Por muitas vezes, Angel chorava quietinha em seu quarto lembrando dos doces beijos de sua mãe.

Ela ia para a escola e ficava observando as suas amiguinhas, com seus sapatinhos novos, nem prestava atenção no que a professora falava, ficava lembrando da história do Patinho feio. Ela se achava a Patinha Feia da escola.

Um dia, ao voltar do colégio, viu sobre a sua cama um embrulho e, para a sua surpresa, os sapatinhos. Junto deles um bilhete escrito à mão: "Estes sapatinhos são para conduzi-la pelos caminhos da vida e ajudá-la a conquistar todos os seus sonhos". Ficou maravilhada. O coração batia forte, um nó na garganta; parecia perder o fôlego, as mãos ficaram gélidas. Era uma sensação de amor platônico.

Colocou-os imediatamente em seus pés.

— São lindos! — gritava pela casa pequena e vazia, andava, saltitava, corria...

A chuva caia forte lá fora e, por um instante, resolveu brincar na enxurrada. Isso mesmo, caro leitor, brincar na chuva, existe algo melhor para uma criança de dez anos, que a vida já se apresentava com tantas diferenças sociais?

Ao entrar, deu-se conta de que seus sapatos estavam molhados e logo os colocou em cima do fogão à lenha para secá-los. Sentou-se em uma cadeira para esperar o seu amado secar. Adormeceu, e quando acordou, ficou estarrecida, paralisada. Seus sapatinhos estavam deformados pelo calor do fogo. A tristeza tomou conta do seu coraçãozinho. Chorou, chorou...

Mas, a nossa pequena guerreira não desistiu de suas aventuras. Cada vez que olha para o buraquinho no telhado, imagina-se com novos sapatinhos que hão de levá-la mundo afora, desbravando os muitos obstáculos que a vida lhe apresentará.

Calmaria

Priscila Cardoso

Hoje, foi um dia bom.

Fiz minhas coisas com calma.
Cantei. Dancei.
Sozinha, curtindo minha própria companhia.
Sorri.
Trabalhei mais um pouco.
Concluí, e tive a sensação de dever cumprido.
Num ato corajoso, confirmei um encontro com uma velha amiga.
Alimentei meu corpo.
Me espreguicei.
Não me peguei sendo consumida por pensamentos autodestrutivos.
Não abri a caixa de pandora repleta de "e se...". Apenas me deixei levar.
E assim o dia se seguiu.
Sem pressa, quase tímido.
Só se ouvia os carros passando e a chuva caindo lá fora.
Um som abafado e sutil, como um convite para contemplação.

Paz.

É, hoje a ansiedade não levou o melhor de mim.
Hoje foi um dia bom, sim.
Quem dera todo dia fosse assim.

Cores quentes sob o véu da chuva

Sergio Meurer

NUNCA ENTENDI O CLIMA DE SÃO PAULO. Não há exagero em dizer que passamos por quatro estações num único dia. Mais de uma vez, saí de casa encapotado com blusa e jaqueta, imerso no frio que parecia se incrustar na medula. Uma hora depois, em outro lado da cidade, blusa e jaqueta pendurados no braço, incomodando sob calor insuportável. Quantos resfriados, ao sair com mangas curtas no final da tarde, sem acreditar no frio noturno? E as amigdalites, ao deixar o guarda-chuva de lado, sem imaginar o temporal que me esperava, de tocaia, numa saída do metrô? Não, nunca entendi o clima de São Paulo.

Não tenho muito tempo: já são cinco e meia da tarde, e a aula começa às sete. Uma blusa leve? Se esfriar, não vai servir para nada. Blusa de lã? Capa e guarda-chuva? E se o céu abrir? Passar a noite carregando seu peso inútil? Ainda mais com a pasta cheia de trabalhos corrigidos para devolver aos alunos.

No oitavo andar de um prédio da Vila Mariana, posso ver a chuva se estendendo além dos limites de São Paulo. Nuvens pesadas passando ao longe, talvez sobre Ipiranga, talvez sobre Santo André. Mal enxergo as formas da cidade. O temporal torna homogêneos os sólidos da paisagem urbana: o concreto dos edifícios, os vidros nas janelas, o metal das antenas, as linhas dos fios — todos parecem ter a mesma textura, cobertas sob o véu transparente da chuva.

O cinza. Azulado e frio. Cor dominante no cenário. Sob a chuva, se estendem filas longas dos automóveis, reféns do trânsito estanque. Já acendem os faróis: as luzes traseiras formando linhas de pontos vermelhos, agrupando-se como num desenho em pontilhismo. Riscos vermelhos nas ruas e na paisagem: um vermelho luminoso, saltando aos olhos, destacando-se sobre o fundo frio e cinzento da cidade. Vermelho, cor quente. Cores quentes sob o véu da chuva.

Liguei o rádio, a TV, acessei a internet. Em todos os meios, a mesma notícia: temporal sobre São Paulo. Alagamentos nas avenidas, córregos que transbordam. O vento derrubando árvores em Santo Amaro. As marginais paradas. O trânsito formando filas de quilômetros.

Devo mesmo ir? Não esqueço o que passei há algum tempo: dirigindo o carro sob um temporal, vi a água subir em torno do veículo, cobrindo o pneu em poucos minutos. Por pouco, consegui escapar e evitar virar notícia de telejornal: aquelas imagens de automóveis ilhados em meio à corrente, motorista sobe no capô, acenando para o socorro de helicóptero.

Dez para as seis, o rádio prossegue: mais alagamentos na Zona Sul. A chuva piora em alguns trechos de São Paulo. O engarrafamento pode estar passando de 250 quilômetros.

Devo mesmo ir? Volto à janela. Num olhar panorâmico, vejo mais uma vez a cidade coberta pelo temporal e me pergunto: quantos temporais também obscurecem a paisagem das aulas? Em outra panorâmica — sobre a memória —, temporais de conflitos, inundações de desrespeito, torrentes de hostilidades... Nuvens carregadas da violência urbana sobre pessoas e seus ambientes...

Temporais, quantos temporais, formando um caldeirão de onde emergem cenas ainda mais grotescas...

Olhando novamente para a fila de carros, os faróis vermelhos trazem à tona outra imagem da mesma cor. Uma imagem da memória, que cresce até dominar toda minha atenção — como numa montagem cinematográfica, quando uma nova cena se sobrepõe à anterior, passando a ocupar toda a tela. Na lembrança, o vermelho dos faróis remete às marcas no rosto de uma professora. Visitei-a em sua casa, convalescendo da agressão sofrida por um aluno. O rosto tingido de vermelho, a delicadeza de sua face enrubescida pelas sequelas da violência.

O vermelho no rosto da professora, os temporais em seu trabalho. O vermelho dos faróis traseiros, parados no engarrafamento, sob o véu da chuva.

Já passa das seis.

Devo mesmo ir? Que roupas levar?

Até quando irá esse temporal?

Não, não consigo mesmo entender esse clima.

Tardes de frio

Sérgio Stähelin

Na chegada do inverno em tardes de chuva
Para apanhar bambu cruzava-se o rio de água turva.
E da mesma taquara que raspada se tecia o jiqui,
Sua ponta formava o caniço para a pescaria onde o rio faz a curva,
Tendo em sonata o coaxar dos sapos com grilos e o perfume de birí.

Em tardes de frio e chuva no chão da estrebaria
Com vassoura do mato até poeira se varria.
Rasgava-se do milho a palha e as finas enrolavam na mão,
Enquanto da cumeeira soava chuva e o canto da corruíra,
E junto ao braseiro o cigarro de palha se acendia no tição.

Aos poucos o balaio era cheio com a palha rasgada com a mão
E depois de bem seca ao sol, ao fim de tarde enchia o colchão.
Quando a palha era pouca, a então velha era lavada no rio,
Formando novos e reconfortantes remexidos para noite de satisfação
Ao estalejar da palha seca, que ainda quente do sol nos aquecia no frio.

Eram tardes bem fagueiras, quando após a chuvarada
Juntava toda a corriola e uma bagunça era formada.
Sob uma fina garoa e água turva que do morro escorria,
Com cascolas do coqueiro morro abaixo era só gargalhada
Dos muitos tombos e cambalhotas na mais pura alegria.

Recordo a flor de laranjeira que caía em tardes de trovoada
Desde o inverno à primavera, cobrindo noites com sua fragrância.
Vendo o sol romper na aurora e beija-flor em revoada,
Confeitei o doce cenário que reporta àquela infância.

A moça da chuva

Sônia Carolina

CHOVE...

E não é um dia qualquer, porque chove. E há que se fazer silêncio para ouvir a natureza que se alegra deixando verter perfume e beleza na alma das rosas.

E não é um dia qualquer, porque chove...

E uma estranha nostalgia toma conta de todo nosso ser enquanto, pelo pensamento, desabam sonhos e ilusões misturados às mais estranhas fantasias.

Chovia assim tristemente sobre a cidade branca e solitária quando ela chegou...

O olhar tristonho acompanhava as gotas que, rolando pelo chão, formavam pequenos filetes desabando em enxurradas, por onde talvez vicejassem traços de vida, perfumes guardados que o tempo e a distância não conseguiram apagar.

Poderia ler sua alma naqueles breves instantes enquanto se abrigava do temporal que, ininterruptamente fluía, diluindo vultos imprecisos na neblina.

Naquele dia sentiu uma saudade imensa de um tempo passado, lembrança essa que a tomou de assalto, levando-a de volta à infância quase descuidada, dorida e quase esquecida.

Seus momentos de ingênua alegria, aquele mundo perdido na bolha de sabão que insistia em mostrar-lhe visões coloridas do seu mundo cinzento, e que se desfazia ao menor toque, como a lembrá-la a realidade da sua meninice sofrida e mal vivida.

O cheiro de primavera que, de repente, cobria de flores o roseiral, o indefinível aroma da terra molhada trazida pela aragem tênue e fresca das tardes de verão, o perfume dos mangueirais deixando pelo chão após a chuva seus frutos carnudos e saborosos, cuja cor lembrava o sol nas tardes causticantes de calor e vida!

E, depois, a visão fantástica da rua em festa, repleta de crianças num estonteante burburinho...

Aquele mundo visto através da janela, onde a menina solitária deixava flutuar o olhar, triste e profundo, por sobre a meninada alegre e despreocupada. Depois, estava entre eles, a brincar de roda, a cantar...

E o som da voz da menina atravessou o tempo, chegou-se a mim qual um lamento de saudade pelas veredas do tempo:

"Minha mãezinha querida
mãezinha do coração,
te adorarei nesta vida,
com grande devoção.
É tua esta valsinha,
foste a inspiração...
Canto querida mãezinha,
a tua canção...".

Onde ficou aquele olhar, aquela esperança, aquela ingênua imagem da menina que, transcendendo o tempo, se projetou no futuro em forma de mulher?

Por onde vagarão as imagens de sonho guardadas na bolha de sabão?

Por onde andará aquela menina que hoje mulher se perdeu pelas esquinas da vida e que, num momento de saudade, deixou no coração de um poeta a mesma saudade que acontece toda vez que chove?

Nebuloso

Sílvia Cristina Lalli

Fecho as janelas da minha alma
A água inunda as paredes do meu coração.
O interruptor já não funciona
Estou em plena escuridão.

Ouço de longe a ressoar meus passos lentos
pelos cômodos da minha morada interior.
Onde há uma fresta para que eu possa
encontrar o refrigério para a minha dor?

A solidão me assombra
O sofrimento me afronta.
Me inundo, me afogo, me afundo,
Nesse dilúvio chamado *te amar*.

Haroldo

Sonia Szarin

O SINAL PARA PEDESTRES FINALMENTE ABRIU e Haroldo atravessou a rua, caminhando com dificuldade. Passos curtos e lentos, respiração ofegante, ele desviou das poças de água na calçada e das pessoas que passavam apressadas. Pelo jeito, a chuva engrossaria.

Chegou na porta da confeitaria no instante exato em que a ventania virava as placas da rua ao contrário. Aliviado por estar do lado de dentro, ele cumprimentou as atendentes com um aceno desajeitado e, escorando-se nas cadeiras, chegou na última mesa daquela fileira.

Uma senhora saiu de trás do balcão e o seguiu para ajudá-lo a se ajeitar na poltrona acolchoada ao lado da janela.

— Estou feliz em vê-lo, Haroldo! Como vão as crianças?

— As crianças estão bem, Beth, obrigado por perguntar! Elas sempre me visitam. Eu que me sinto pouco disposto para andar por aí. O mesmo de sempre, por favor!

A mulher o olha com compaixão e com a feição triste, retorna ao balcão, onde dá algumas instruções para uma das atendentes.

Haroldo observa a chuva do lado de fora. Os pingos constantes batem contra o vidro da janela e ele é inundado por suas memórias. Em um dia assim, chuvoso, e naquele mesmo lugar que ele conheceu sua esposa, há 50 anos. A senhora que acabou de atendê-lo, Beth — ainda era uma criança que circulava entre as mesas quando ele e Júlia se conheceram. Tornaram-se clientes assíduos desde então. O tempo passou, o bairro mudou, mas a confeitaria continuou e eles nunca deixaram de aparecer. Sempre se sentavam na última mesa e pediam café com torta de amoras.

Já frágeis e idosos, as pessoas estavam acostumadas a vê-los caminhando juntos, sempre abraçados e apoiando-se um no outro. Haroldo e Júlia eram inseparáveis até o dia em que ela adoeceu gravemente e, pouco depois, partiu. Desde então, ele aparece todos os anos naquela data. Senta-se na última mesa e faz o mesmo pedido: Dois cafés e dois pedaços de torta. Também sempre olha pela janela e pede por um sinal de que ela saiba — onde quer que esteja — que ele está na confeitaria esperando por ela.

A atendente traz a bandeja com o pedido e serve as duas xícaras de café e os dois pedaços de torta.

Haroldo fecha os olhos e, pela primeira vez em tantos anos, sente uma estranha paz inundar seu peito. O bom aroma do café e da torta se mesclam à fragrância do perfume doce que ele conhece tão bem. Sente um toque sutil e delicado sobre suas mãos. Ainda com os olhos fechados ele faz a pergunta mentalmente, embora já soubesse a resposta:

— Você está aqui, não é?

Três haicais de chuva

Thiego Milério

Tempestade:
Melodia de assobio
no zinco das telhas.

Relâmpago:
Véspera de trovão
no castanho do olhar.

Trovão:
Rugido de suçuarana
na conversa das folhas.

Memórias de um dia de chuva

Tamira Mantau

DA VARANDA DA SUA CASA, Marcos observava a chuva fina refrescando o entardecer. Quantas lembranças de dias assim...

Quando criança, adorava jogar futebol na chuva. Aquela sensação de frescor, movimento, liberdade. O campo parecia um lamaçal, o que tornava tudo mais divertido! Com certeza, não para sua mãe, que se encarregava da roupa suja. Marcos também adorava usar sombrinha, ficar abrindo e fechando sem parar.

Já na adolescência, dias chuvosos não eram tão bem-vindos, mas lembrava do primeiro namorico na chuva, com beijo roubado no portão, sem ninguém para denunciar.

Por incrível que pareça, choveu no dia do seu casamento. "Bom presságio", diziam. Talvez seja mesmo, pois estão juntos até hoje.

No nascimento do primeiro filho, não sabia se pegava primeiro a bolsa, a mulher ou a sombrinha. E os banhos de chuva com os filhos, quando pequenos? Difícil saber quem se divertia mais.

Marcos estava tão absorto em suas recordações que até se assustou ao ouvir sua mulher se aproximando, eufórica: "Ela nasceu! Nossa neta, nasceu!" Ele sorriu. Ainda chovia, mas já não sabia mais se eram gotas ou bênçãos.

Aroma

Thiego Milério

Bolo saindo do forno:
O aroma da chuva
No asfalto morno.

Lágrimas de chuva

Victor Rodrigues dos Santos Filho

Chove na cidade
O Rio vira Veneza
As pedras soltam
a dureza

Ruas alagadas, carros flutuantes
botes navegantes
Funeral de vítimas
das avalanches

Queda de luz
dos fios eletrizantes
Caídos pelas árvores
Caídos ao horizonte!

A tempestade vai chegar
Viver aqui é uma aventura
Para uns, as lágrimas de chuva
Para outros é só a vida que segue!

Nos pingos da chuva, uma sinfonia da natureza

Vânia Azevedo

O DIA AMANHECEU SOB UM MANTO de chuva fina e persistente. E eu, mais sonolenta que gato de armazém, não poderia estar em local mais fascinante: às margens do rio Paramopama, onde o ar é puro e o local verdeja com exuberância.

Lá fora a chuva cai intermitente, chacoalhando as árvores ao som do vento para despertar em mim a mais pungente recordação da infância: quando, nas noites de chuva, pulava a janela do quarto para brincar na rua, movida pelo aliciante enlevo do proibido.

Porém, o que detém o meu encantamento nesse momento, é a paz que posso experimentar nesse modesto chalé, cuja maior ostentação é o privilégio de estar em pleno contato com a natureza, de ruidosa beleza e pureza no ar. E nesse clima de paz, me perco a escutar o suave som da chuva a gotejar o telhado. Entre graves e agudos, a sinfonia da natureza enseja um ambiente tão adequado à meditação quanto à tríade: crepúsculo, rede na varanda e reflexão.

Encantada, colo o rosto na vidraça que, subitamente, embaça. Porém, não me impede de ver a água que corre em sua contumaz irreverência, abrindo caminhos entre os galhos que arrastam as folhas mortas; lava as copas das árvores escorrendo sobre a terra, e finalmente deságua no rio que segue imponente e ordeiro.

Diligente, une-se primorosamente à enxurrada que lhe chega pelas margens, seguindo prestimoso e silente em seus contornos sinuosos, formado de extenso manguezal; e acolhe devidamente a chuva que cai e alimenta o seu leito, garantindo, por consequência, o sustento daqueles que encontram nas suas águas o provedor natural.

E nesse cenário de tamanha beleza, ao longe, a chuva cai na exígua Ilha Grande (que de grande tem mesmo é a sua essência), oferecendo-me uma visão que demanda tranquilidade e sossego; sobretudo a melhor definição de paz que tenho conhecimento. Lá, a simplicidade faz morada, ensinando-nos com o seu módico estilo de vida, passado de geração a geração, que viver é bem mais simples com o trabalho a várias mãos.

No alto, o céu nublado de nuvens escuras e carregadas: tão baixas como se quisessem alcançar com sua mão invisível, as árvores e suas folhas em frenético farfalhar, produzindo um balé de sincronismo exemplar.

Por fim, sigo me deleitando com esse momento de magia e sublime sintonia; de uma regência que encontra nos pingos da chuva o timbre ideal para fazer reverberar na natureza o tom perfeito ao alcance de sua grandeza.

Pingos atemporais

Yara Nolasco

Saí de casa no salto Luís XV.
Toda elegante. Rumo ao meu sonho.
Minha primeira entrevista.
E na primeira esquina, um pingo no meu ombro.

Mais alguns passos e uns pingos na cabeça.
Corri, tentei cobri-la com minha bolsa.
Já no ponto, oba!
Um abrigo, mas também uma poça.

Meus cabelos esvoaçavam com o vento.
E o ônibus, nada. Já a chuva, essa, chegou bem rápida.
Passou um carro zunindo
E me lançou uma enxurrada.

Molhou o meu currículo. Puxa! O que é isso!?
Falta de sorte ou chuva de benção?
Já no ônibus, lia o meu livro *Ra, Re, Ri, Ro, Rua*.
Pra relaxar, me dizendo que seria só mais uma aventura.

No final de tudo, valeu a chuva de persistência e de coragem.
Voltei feliz, o emprego era meu! Voltei respingada de esperança.
Perto de casa, subi o morro agradecida, contente e cantando.
Desci do salto chorando, pois ele estava me matando.

Diante do fato, eu saltitava nas poças d'água como criança.
Minha mãe vai dizer que hoje cairá um temporal.
Pois, enfim, um emprego! Nossa, meu Deus! Que sossego!
Pura bênção, de uma chuva atemporal.

Chuva de leitura

Yara Nolasco

Gotas e gotas formam uma gostosa chuva lá fora...

Aqui dentro, eu de pijama no sofá, na rede ou na cama
Passo o meu tempo a me aventurar em uma chuva de leitura
Passo o tempo a aprender, a rir, a chorar e a me deliciar
Pois dias chuvosos me trazem o prazer e o sabor da literatura

Vejo a chuva que bate na janela. Meu coração bate com ela
Tomo uma sopa de letras e embarco naquelas cenas
Bebo um bom café preto que me abraça e me esquenta
Aprecio e rio da fumaça que sobe, dançando para mim

Às vezes, alguém me chama
E precisa de novo e de novo chamar
Pois, num passo mágico, parece que saio daqui
Não quero me desligar do envolvente cinema

Mas, me rendo e volto, brinco e rolo com a galera
Às vezes, troco de livro, leio para os pequeninos
Às vezes, troco de lugar, mas, o cobertor e um bom livro

Esses, sempre vêm me acompanhar

Às vezes, caio no sono e, quando acordo, estou revigorada
Tomo banho, me alimento e me assento.
Bato papo tendo assunto sem findar

Beijo e cuido do meu amor, damos um jeito na casa
Depois de tudo, escuto a chuva e o vento a cantar
Olho pra janela, olho pro meu canto e o senhor clima,
Com gotas de poesia, me convida, pra chuva de leitura voltar.

Bendita chuva

Zenith Alves Soares

Cai chuvinha abençoada
Dádiva de Deus para os mortais
Que nos ama com certeza
Que sacia a nossa sede
Molha o chão, acalma a poeira
Conservando o mundo verde
Dando vida à natureza

Cai chuvinha abençoada
Que sacia a nossa sede
Sede de vida, sede de amor
Se amamos, logo vivemos
Se vivemos é porque temos
Elementos da natureza
Tão bela nos favorecendo

Tilintares

Zuleica Pretto

DESVIEI MEUS OLHOS DA LEITURA. O efeito insistente da chuva, despencando nas superfícies, inundava meus ouvidos. Era preciso e orquestrado, me retendo a atenção; em igual medida, era plural e desordeiro, me inquietando.

Me dirijo para a cozinha para preparar um chá de hortelã — este cresceu aos píncaros na minha horta neste ano, diferente do ano passado em que se sobressaíram as melissas. No caminho, flagro Dara, minha gata, com o focinho na janela. Com as patas, tenta pegar as gotas da chuva, que corriam pregando peças, fugidias, nunca alcançáveis, sempre desafiadoras. Pareciam os nossos sonhos, pensei.

Na cozinha percebo a água da chuva entrando timidamente por baixo da porta. Adiei a solução do problema da calha, a água só estava seguindo seu curso. Liguei a chaleira e ao avistar uma pequena poça brotando no chão, fui invadida por cenas coloridas em que eu e minhas irmãs nos tornávamos atletas olímpicas de saltos e dançarinas de sapateado, quando crianças. De baixo de chuva, era assim que mamãe caracterizava a nossa folia no quintal. Devo ter fotografias dessas ocasiões em algum lugar, mamãe registrava tudo sobre nós. Essa lembrança foi tão imponente que eu estive a um triz de abrir a porta e repetir a faceta, mesmo que sozinha e mesmo que adulta. Achei graça, e claro que não o fiz, esse inverno estava severo demais. Mas, como fidelidade a essa saudade, não sequei a água do chão, nem vetei sua entrada. Que fosse como fosse.

Meu pensamento deslizou para o futuro, para o encontro com Antônio no final de semana, quando, de certo, duelaríamos para definir quem ama mais. Sorri, era sempre assim. Imaginei a noite de hoje em que abriria um vinho e avançaria para a leitura do volume II, enrolada no mesmo cobertor e aninhada na mesma poltrona. O mau tempo (ou bom tempo) me impediria de participar da reunião da escola, assim, continuaria no conforto de minha sala. Isso me deixou secretamente contente — ainda bem que ontem deixara o registro dos estudantes com a diretora.

A chaleira apitou, preparei o chá e retornei à sala, bebericando-o, agraciada por seu aroma, seu sabor e seu calor. Embora meus olhos focassem as páginas do livro, mantinha-me sorvida por memórias e pensamentos que tilintavam como a chuva, num percurso temporal caprichoso. Arremessada nesse embalo, o livro cedeu em meu colo; sonhei que nadava alegremente sob a chuva, que caia em meu rosto e me fazia cócegas.

Gotas de palavras

Yara Nolasco

Lá fora,
Chove chuva chuviscando gotas de encanto
Aqui dentro,
Chovem gotas de palavras como bom passatempo

Das gotas de palavras,
Mergulho no espetáculo molhado
Feito de dores e de graças
Que me levam para outro lado

Onde tem portais atemporais,
Tem páginas marcadas,
Tem açúcares frasais,
E lágrimas salgadas.

Das gotas de palavras,
Mergulho em cada página
Onde tem cheiro bom de café no ar,
De lareira acesa e de terra molhada

Onde tem gotas de suor, de emoção, de arte e de cultura
Onde tem cascatas de amor, goteiras de saudades e mar de vento.
E aqui, bem aqui, tem poças de dramas e baldes de aventuras
Tem ainda rio de risos e gotas de chuva, que molham o tempo.

Abra a sua janela

Tiemy Cavalcanti de Oliveira

Abra a sua janela, sinta a brisa que dela bate,
Olhe para o céu, contemple!
Grite, mesmo que no silêncio do seu olhar.
Permita-se abrir a janela,
Olhar o céu, sentir a brisa.
Abra a sua janela, permita que a luz entre,
Luz de um dia de sol, ou de uma manhã nublada,
Permita-se sentir a chuva da sua janela,
Sinta cada gota e descubra como é estar feliz
Quando abrimos a nossa janela.

Gotas de saudade

Janaina Couvo

SENTADA NA VARANDA DA SUA CASA DE CAMPO, Joana olhou para o horizonte e contemplou um lindo final de tarde. Em sua visão, tinha apenas a natureza e toda a sua grandiosidade. Sempre sonhou em ter um lugar onde pudesse desligar-se do mundo e de toda a correria da vida cotidiana para se reconectar consigo. Um lugar onde as energias seriam renovadas. E conseguiu.

Inspirou-se em suas memórias da infância, onde vivia com sua família numa cidadezinha do interior, em uma casa simples, pequena, mas cheia de amor. Tinha mais quatro irmãos e, mesmo com toda a dificuldade em que vivia com sua família, Joana guardava em suas memórias os momentos em que brincava com seus irmãos, as trilhas onde passeava com sua mãe, que lhe contava histórias e sempre falava de como a natureza era sagrada. Dizia que, sempre que ela se sentisse triste, procurasse um cantinho em meio à natureza, que tinha o poder de renovar nossas energias.

Com o passar dos anos, seus irmãos seguiram cada um seu caminho e ela, como filha mais nova, foi a última a sair de casa. Seus pais sempre incentivaram que, tanto ela quanto seus irmãos, seguissem em busca de seus sonhos, mas eles nunca pensaram em sair daquela casa.

Era da janela da sala que Joana e seus irmãos adoravam assistir ao cair da chuva durante o inverno, observando a força dos ventos que balançavam as árvores próximas, momento em que seu pai adorava contar as histórias fantasiosas que ele mesmo criava, para tornar a noite mais divertida. Mesmo que, com o tempo, a condição de vida tenha mudado, seus pais não queriam sair do lugar onde sempre viveram. Ela, que conseguiu estudar e trabalhar numa cidade próxima, decidiu que iria promover a melhoria da casa, dando um certo conforto a eles. Seus irmãos também ajudaram e logo a casinha simples transformou-se em uma casa mais aconchegante.

Seus pais ainda viveram o suficiente para usufruir do local já modificado, acompanhando as transformações do lugar, que não perdeu a sua essência. O tempo, que chega promovendo grandes transformações, mudou a sua vida e a de seus irmãos após a partida de seus pais. Mas ela nunca esqueceu das palavras de sua mãe sobre a natureza e seu poder transformador.

Assim, após um tempo de trabalho, conseguiu construir o seu lugar. E lá estava ela, contemplando a natureza, sentada na varanda, observando o cair de uma chuva fina e sendo grata por tudo que conquistou até aquele momento.

Este livro foi composto por letra em Gotham Narrow
10,0/15,0 pt e impresso em papel Pólen Bold 90g/m^2.